KB152996

겨울 언덕 너머로
우리는 봄꽃을 보았다

99% 팩트로 쓴
실화이기에 감동적인 이야기

겨울 언덕 너머로 우리는 봄꽃을 보았다

99% 팩트로 쓴
실화이기에 감동적인 이야기

이선우 지음

🏵 행림서원

우리 모두 파거의
실패한 꿈에 좌절하지 말고
새로운 꿈을 위해 뛰어보자.

나 역시 지금 새로운 꿈을 꾸고 있다.
이 책은
그 꿈의 출발인 것이다.

- Prologue / 7
- 감사의 글 / 9

1부.
어둠 속에서
희망을 보다

축제의 날, 죽음의 문턱에 서다 / 13
다시 일어서다 / 19
세상을 향한 몸부림 / 30
결혼, 재기의 출발이 되다 / 41
아가, 희망의 씨앗 / 45

2부.
나의 존재

둘째 아들로서의 나 / 59
가장과 남편으로서의 나 / 72
아빠로서의 나 / 82

3부.
나를 일으킨
기적의
7가지 단어

준비 / 97
내려놓음 / 104
기도 / 111
습관 / 122
핸디캡 / 131
절실함 / 139
사색(思索) / 147

- 에필로그 / 158

"

이 한 권의 책이
단 한 사람에게라도
삶의 희망을 줄 수 있다면
나는 기쁘고 뿌듯하고 감격할 것이다.

"

눈밭에서 피운 꽃

나는 오래전부터 책을 쓰고 싶었다.

이유는 하나다.

절망에 빠진 이들에게 희망을 주고 싶었다.

의지할 곳 없는 그들에게 좋은 친구가 되고 싶었다.

죽음의 문턱에서 기적처럼 살아나온 나.

그리고 또 기적처럼 세상에 우뚝 선 나.

나의 삶은 소설 같지만 분명 내 삶의 체험들이다.

누군가에게…

나의 소설 같은 이야기를 전해주고 싶었다.

누군가에게…
삶의 소중함을 전해주고 싶었다.
또 누군가에게는
희망을 전하는 친구가 되고 싶었다.
베스트 프렌드는 아니더라도 좋은 친구가 되어주고 싶
었다.

이런 이유들로 책을 쓰기 시작했다.

| 감사의 글 |

지금의 나, 어디서 그리고 어떻게 왔을까?
지금의 내가 있게 한 커다란 존재… 둘
그 존재에게 마음과 정성을 다해 감사를 전하고 싶다.

먼저는 가족이다.
아내, 현성이와 은성이 그리고 부모님과 형제들
내 에너지와 희망의 원천이었던 가족에게 감사하고 싶다.
가족이 있었기에 나는 삶의 의미를 갖게 되었고
가족으로 인해 희망을 향해 달려올 수 있었으니 말이다.

두 번째 감사의 대상은
어딘가에 계실 거라 믿는 신(God)이다.

나는 언제나 최선의 노력을 다해왔음을 자부할 수 있다.

하지만 그렇다고 해서 그 노력이

반드시 좋은 결과를 가져온다고는 생각하지 않는다.

내가 피나는 노력을 했을지라도

신의 도움이 없었다면 일어설 수 없었을 것이다.

신께 진실한 마음으로 감사를 드린다.

1부
어둠 속에서 희망을 보다

• • • • • • • • •

어둠에 갇히더라도
희망의 불빛을 찾으려는 의지만 있다면
그 희망은 곧 내게 찾아온다.

축제의 날, 죽음의 문턱에 서다

사법고시는 청년의 시절 내 마음 속에서 피어올랐던 첫 번째 꿈이었던 것 같다. 그 꿈을 생각하면 늘 가슴이 설레기 때문이다. 하지만 현실과는 괴리가 있었기에 전북기계공고를 졸업하고, 전주비전대학에 진학해 엔지니어의 길을 가고 있던 나였다. 그러던 여정 속에서도 나의 마음속에는 늘 사법, 검찰, 경찰이라는 꿈들이 꿈틀거리고 있었다. 그래서 대학에 가서도 그리고 군대에 가서도 그 쪽의 꿈을 꾸며 공부에 매진했던 나였다.

그러던 스물여섯이 되던 해 지금의 아내를 처음 만나게 되었다. 결혼을 염두에 둔 만남이었기에 내 꿈은 풍선처럼 부푼 꿈에서 현실적인 꿈으로 전환해야 하는 필요성이 있었다. 그래서 너무 힘겨워 보이던 사법고시의 꿈은 접고 검찰과 경찰 시험을 준비하게 되었다. 드디어 1999년 초 치른 경찰시험에서 좋은 결과를 얻어 그 해 8월 초 경찰시험 최종 합격의 기쁨을 누리게 되었다. 이제 사랑스런 여자 친구와 결혼하여 행복하게 사는 아름다운 꿈의 길이 펼쳐지기 직전이었다.

"따르릉"

1999년 8월 8일. 이른 저녁. 전화벨이 울렸다.

"선우야, 우리 어제 운일암 반일암으로 피서 왔는데 이쪽으로 올 수 있어? 시험도 합격했으니까 내가 근사하게 한 턱 쏠게."

나의 가장 가까운 친구 남수가 나를 진안의 계곡으로 불렀다.

"그래, 철진이한테 전화해서 함께 가보도록 할 테니까 조금만 기다려."

철진이도 간다고 하여 내가 그때 당시 타고 다니던 1톤 트럭을 운전하고 운일암 반일암으로 향했다. 1시간 반쯤을 달려 도착한 우리들은 어릴 적 추억들을 신나게 되새기며 와자지껄한 즐거움으로 시간을 보냈다. 오랜만에 실컷 취했다. 술기운에 취하고 즐거운 추억으로도 취했다. 서너 시간을 흥겹게 보낸 후 나는 내일 일정이 있어 집에 가야 했다. 철진이한테는 미리 운전을 부탁한 상황이라 술을 마시지 않은 철진이가 운전을 했다. 그렇게 우리는 칠흑 같은 새벽을 뚫고 달리고 있었다. 곧바로 난 꿈을 꿀 여유도 없이 깊은 잠에 빠져들었다. 그런데.

"쾅. 빠지직~"

아주 짧은 시간에 나는 무언가 엄습하는 걸 느꼈다. 8월의 무더운 한여름이었지만 내 몸의 모든 피부와 뇌에서 무서운 서늘함이 다가왔다. 무언가 내 몸으로 스으윽 들어오는 느낌과 함께 엄청난 고통도 동반했다. 그리고 그 찰나와 같은 시간에 28년 살아온 인생의 파노라마가 아주 빠르게 그리고 아주 생생하게 스쳐지나갔다. 그리고 떨리는 눈썹으로 힘겹게 눈을 떴다.

내 눈앞에 펼쳐진 광경은 차라리 꿈이었으면 하는 처참함 그 자체였다. 조수석에 타고 있던 나는 내 두 다리 사이로 차를 뚫고 들어온 도로의 가드레일을 목격했다.

16

겨울 언덕 너머로 우리는 **봄꽃**을 보았다

황당함으로는 표현되지 않는 두려움 그 이상이었다. 양쪽 다리 사이를 파고들은 가드레일 철판은 다리 안쪽에 깊은 상처를 내고 흥건한 선혈의 샘을 파놓았다. 불행 중 정말 정말 다행인 것은 몸이 두 동강 나기 직전의 골반 근처에서 가드레일의 진격이 멈췄다는 것이다. 그 고통의 상황에서도! 그 처참함 속에서도! 나는 길고 긴 안도의 한숨을 쉬었다.

"아, 죽지는 않았구나."

그것도 잠시 나는 수백만 톤의 압력으로 밀려들어오는 고통과 철철철 샘물처럼 쏟아져 몸과 차 시트로 흐르는 혈류를 보니 두려움에 휩싸였다. 철진이는 다행히 가벼운 타박상만 입었다. 희미한 내 기억으로는 놀란 철진이가 119에 구조요청도 했던 것 같고 병원으로도 전화를 했던 것 같다. 내가 어느 순간부터 정확하게 기억을 하지 못하는 것은 아마 과다출혈이 원인이 아닌가 싶다. 그리고 또 더 중요한 것은 내가 몸을 비틀었던 어느 순간부터 극심하던 몸의 통증이 사라졌다는 것이다.

"아, 이게 뭐지? 왜 아프지 않은 거지?"

아마도 그때부터 내 몸은 신경쪽에서 엄청난 이상이 생겼던 것 같다. 통증을 느끼지 못하는! 부서진 몸을 조심스럽게 움직이거나 아예 움직이지 말았어야 하는데 신경 어딘가가 문제가 생긴 것이다. 그런 결과로 내 몸은 통증을 느끼는 어딘가가 완전히 고장났음을 알게 되었다. 내 인생의 고난은 축제의 날, 죽음의 문턱까지 갔다 오면서 시작되었다.

> **"** 사업을 하다가 가끔 힘이 들 때
> 1999년 8월 8일 일어난 사고의 필름을 되돌린다.
> 그 생사의 순간에서도 살아남은
> 자랑스럽고 기특한 나를
> 기억하고 힘을 얻기 위해서.

다시 일어서다

"잘 하면 휠체어는 타겠네요."

한 대학병원 의사의 입으로부터 흘러나온 비수와도 같은 말이었다. 엉망이 되어버린 내 몸과 흐릿해진 내 눈의 초점과는 달리 귀에는 또렷이 들려온 말이었다.

여기서 주목해야할 사실은 이 말은 내 가족에게 한 말이었다는 것이다. 하지만 난 불과 2~3일이 지난 후에 가족의 눈빛에서 의사의 이 멘트를 정확히 읽을 수 있었다. 그리고 가족들의 눈빛은 의사가 직접 내게 한 말처럼 들리게 하기에 충분했다. 2~3일 동안 가족들의 얼굴은 시간 지난 호떡처럼 굳어져 있었고 소나무 껍질처럼 까칠했다. 비록 잘 보이지 않는 곳에서였지만 여자 친구는 닭똥 같은 눈물을 흘리기 일쑤였다. 하늘 아래 모든 산들이 내 가슴을 짓누르고 있는 것처럼 느껴졌다. 그 압박으로 인한 힘겨움과 답답함으로 정말 죽을 것만 같았다. 이때 내 나이 스물아홉.

'점쟁이들이 흔히 말하는 아홉수가 이런 것인가? 내 인생은 이 아홉수의 언덕을 넘지 못하고 물러나야 하는 것인가?'

별의별 절망의 생각이 다 들었던 그날 늦은 저녁. 나는 가족들에게 미안한 마음으로 입을 열었다.

"퇴원 수속 밟자구요."

"왜?"

가족들은 놀랐다. 이유는 있었지만 가족들에게 설명은 하지 않았다. 그저 내 마음속에서 나의 독백만 있었다.

'더 이상 가족들에게 근심과 피해를 주고 싶지 않아. 그리고 어차피 이곳에서는 희망이 보이질 않아.'

이게 퇴원을 결정한 근본적인 이유였다.

퇴원을 한 후 나는 경기도 능곡의 한 정형외과병원에 입원했다. 멀리 경기도의 병원까지 가게 된 몇 가지 이유가 있다. 그 중 하나는 지금의 아내인 여자 친구가 근무하던 병원에서 45분 정도의 거리에 있었다는 것이다.

입원해서 보름 정도 지났을까? 간병을 하고 계시던 어머니가 집안 일로 시골에 잠시 다녀오시겠다고 했다. 그런데 어머니가 내려가시던 그날 조금 이상한 일이 벌어졌다. 그날 어머니는 창가에 무언가를 놓고 가셨는데 내가 그걸 손으로 잡아보려고 한 것이다. 그건 불가능한 일이었다. 그때까지 나는 목 밑의 모든 신체가 마비되었기 때문이다. 목을 돌리는 것 외에는 나는 스스로 아무것도 움직일 수 없었다. 그런데 그날은 그걸 아는 내가 이상하게도 잡아보고 싶다는 생각이 들었다. 그렇게 그 물건을 잡으려고 애를 쓰는데 기적 같이 내가 몸을 뒤집었던 것이다. 기적이었다. 내가 목 밑의 내 몸을 스스로 움직여 본 것은 처음이었기 때문이다. 갑자기 이런 생각이 들었다.

'어, 이제 내 몸이 돌아오기 시작하는 건가?

희망이 싹트기 시작한 그날, 우연의 일치인지 모르겠지만 외할머니가 돌아가셨다.

재활을 시작한 지 한 달쯤 지났을까? 재활의 성과는 아주 미미했다. 가을비가 보슬보슬 내리는 그날. 창밖으로 빗물이 힘없이 그리고 처량하게 부서져 내리고 있었다. 그것을 바라보는 내 마음이 한없이 슬펐다. 순간순간 가슴이 서늘해졌다 개었다를 반복했다. 더 이상 희망이 없어 보였다. '내가 어떻게 해야 사랑하는 가족들에게 아픔을 주지 않을 수 있을까? 내가 어떻게 하면 가족들에게 마지막 도리를 할 수 있을까? 그래, 내가 없어지자!' 창가로 흘러내리는 빗물을 바라보다 죽음까지 생각하게 된 것이다. 순간 창밖으로 뛰어내리고 싶은 충동이 들었다. 하지만 몸을 움직일 수 없었다. '그래, 그럼 저 창밖으로 뛰어내릴 만큼만 몸을 만들자' 라고 다짐하고 운동을 더 열심히 하는 계기가 되었다.

그날 이후로 나는 죽기 살기로 재활에 전념했다. 그런 노력의 덕택일까? 보름 정도 만에 나는 앉을 수 있었다. 그것 또한 기적 같은 일이었다. 앉은 몸으로 나는 창가로 다가갔다. 힘겹게 의자에 앉아 창밖을 바라보았다. 그리고 비장한 마음으로 창문을 열었다. 다행히 병실에는 아무도 없었다. 그런데 예상 밖의 난관에 부딪혔다. 내 몸이 커서 아무리 기를 써 봐도 창문으로 들어가지 않는 것이었다. 나는 바로 생각을 바꿨다. '그래, 그럼 옥상까지만 갈 수 있는 몸을 만들자. 옥상에서 뛰어내리면 되지.'

겨울 언덕 너머로 우리는 봄꽃을 보았다

1부. 어둠 속에서 희망을 보다

그날 이후로 나는 또 피나는 재활에 돌입했다. 그 정성에 하늘도 감동했나보다. 보름 정도 후에 비록 힘겨운 여정이지만 스스로 옥상에 갈 수 있는 몸을 만들었다. 다리 네 개 달린 의료기구에 의지하여 나는 한 시간여에 걸쳐 옥상에 올랐다. 7층 건물의 옥상이니 꽤 높았다.

때는 초저녁이었다. 잠시 옥상에서 아래를 내려다보았다. 초등학생으로 보이는 어린이들이 하교하는 모습이 보였다. 무엇이 그리 즐거운지 깔깔거리며 즐거워보였다. 그리고 내 눈에 정말로 멋지게 들어오는 석양의 노을. 그야말로 한 폭의 그림이었다. 세상이 참으로 아름다워 보였다. '삶과 세상은 이렇게 즐겁고 아름답다는 것을 내가 왜 몰랐을까?'

그 순간 살고 싶어졌다.

'그래, 한 번 멋지게 살아보자! 내 모든 걸 걸어서 몸을 만들어보자!'

사실 나는 옥상에 올라와서도 죽음을 머뭇거렸었다.

'떨어지면 많이 아프겠지? 피도 나고 엄청난 고통을 겪으면서 죽어가겠지? 내가 죽는다는 것은 가족과 영원한 이별이 되겠지? 그리고 세상에서 처참하게 버려지는 거겠지…'

이런 생각을 했었다는 것으로 보아 나는 죽고 싶지 않았던 것이다. 아니, 죽음을 엄청나게 두려워하고 있었던 것이다. 그래서 살고자 처절한 몸부림을 쳤던 것 아닐까 한다. 죽음의 두려움과 즐거운 삶에 대한 동경 그리고 아름다운 세상, 이 세 가지로 인해 나는 다시 살고자 하는 의지를 확고히 했다. 그 시간 이후로 나는 아름답고 멋진 삶을 살기 위한 재활을 시작하게 되었다.

삶의 희망을 갖게 된 다음날 아침부터 나는 다리 네 개의 보행보조기를 의지하여 왕복 200m의 장거리 보행에 도전했다. 첫날 소요시간은 약 7시간 정도 걸렸다. 200m를 왕복하는데 요즘 자동차로 이동한다면 서울~부산을 왕복하는 시간보다 더 걸린 셈이다. 아침에 나가 거의 저녁이 다 되어서야 병원에 돌아왔다.

언뜻 보아서는 엄청난 성취감에 기뻤을 것 같지만 나의 맘은 그렇지 않았다. '내가 해냈구나!'라는 성취감보다는 육체의 통증이 엄청나게 컸기 때문이다. 게다가 심리적인 충격도 더해졌다. 이유는 배변이었다. 돌아오니 차고 있던 기저귀에 소변과 대변으로 가득찼던 것이다. 비록 아픈 몸이었지만 수치스러웠다. 육체적으로도 너무 아팠고 심리적으로도 상처가 컸던 날이다.

하지만 나는 그 재활의 여정을 계속했고 20일 정도가 경과된 후에는 병원에서 능곡역 부근의 공원까지 약 1.5km의 거리를 5시간 정도에 다녀올 수 있었다. 그 사이에 나를 알아보는 사람도 많이 생겼고 응원도 해줬다. 졸지에 나는 유명인사가 되어 있었다.

1.5km를 왕복하기 시작한 지 20여일 만에 나는 다리 네 개의 보행보조기에서 두 개의 목발로 바꿀 수 있었다. 드디어 목발에 의지해 걸을 수 있을 정도로 좋아졌다. 그리고 다시 보름 정도 후에는 목발 하나만으로도 걸을 수 있게 되었다. 여기까지만으로도 나는 인간 승리의 삶을 일구게 되었다.

그렇게 재활이 힘들었지만 진전이 있어가던 어느날. 여자친구가 조심스럽게 말을 건넸다.

"선우씨, 내가 좀… 힘들어요."

듣는 순간 뭔가 서늘한 느낌을 직감했다.

'파주에서 여기까지 하루가 멀다 하고 오기가 힘들겠지. 정신적으로도 힘들 거야. 부모님 반대는 얼마나 심할까? 여가시간도 없잖아. 친구 만나기도 힘들고. 돈도 많이 들어가겠지. 결혼도 안 한 사이에 대소변을 받기가 쉬운 일이 아니잖아. 나야 나지만 미래에 대한 불안으로 얼마나 고민이 되겠어. 정상으로는 돌아오기 어렵겠지…. 여자 친구는 얼마나 많은 고민이 있었을까? 라는 생각을 하니 너무나 미안했다. '내 생각만 했구나. 내가 먼저 보내줬어야 하는데…'

"미안해, 내가 그동안 너무 큰 짐을 지워줬네. 고마웠고… 이번 주에 내려갈게."

여자 친구는 대답 없이 눈물만 흘렸다. 우리는 그렇게 서로가 미안한 마음을 가슴에 담은 채 헤어졌다.

나는 시골집으로 돌아왔다. 그리고 다시 어마어마한 양의 재활운동을 시작했다. 그리고 6개월 후. 신의 도움으로 나는 목발 없이도 걸을 수 있게 되었다. 신께 진심으로 감사했다.

6개월 재활 도중 3개월쯤 지났을 때 나는 여자 친구에게 전화를 걸었었다. 헤어진 후 여자 친구로부터 전화는 없었다. 그리고 몇 번의 전화를 했었지만 여자 친구는 전화를 받지 않았었다. 몇 번의 시도 끝에 드디어 여자 친구가 전화를 받았다.

"나 한 번 믿어줘. 내가 자기만큼은 지켜줄게."

결혼 후 알게 된 사실이지만 그때 여자 친구는 미안한 마음으로 하루하루를 살았다고 한다. 내가 목발 없이 혼자 걸을 수 있었던 것은 신의 도우심과 여자 친구와 가정을 이루고 싶다는 간절한 소망의 힘이었음을 나는 확신한다. '자기야, 고마워. 그리고 사랑해'

> 나는 절망 속에서
> 삶과 세상에 대한 희망을 바라보았다.
> 그리고 그 희망을 쟁취하기 위해
> 상상하기 힘든 재활을 이겨냈다.
> 그 결과로 희망의 꽃을 내 손에 넣게 되었다.

1부. 어둠 속에서 희망을 보다

세상을 향한 몸부림

"사무실에 나오는 게 어때?"

어릴 적부터 가까운 친구였던 수철이가 전화를 했다. 이 친구는 내가 사고 나던 그 당시 축하를 위해 나를 불러냈던 친구이기에 미안함이 컸던 것 같았다. 그래서일까 나의 재활에 도움을 주고 싶은 마음을 읽을 수 있었다. 친구는 향후 내가 살아갈 일에 대해서도 방향을 함께 모색하고 싶었을 것이다.

집에서 그 친구의 사무실까지는 걸어서 두 시간 정도의 거리였다. 나는 1년 가까이를 집에서 그 친구의 사무실을 찾았다. 이 시기 동안의 재활은 통증이 아주 심했다. 그것은 신경이 점점 살아난다는 반증이기도 했다. 통증은 심했지만 내 몸은 점점 나아지고 있었음을 한참 후에야 느낄 수 있었다.

이 1년여의 시간 동안 나는 육체와의 싸움과 함께 내 심리와의 치열한 싸움을 벌였다. 육체와의 싸움은 여전히 재활의 문제였고 심리와의 싸움은 새롭게 시작된 내 자아와의 싸움이었다. 크게 세 가지 단계의 심리싸움이 있었다. 첫 번째는 장애인 자각과 좌절, 두 번째는 삶에 대한 의미부여 그리고 세 번째는 자존감 및 자신감 회복 등의 세 가지 단계를 경험했다.

심리싸움의 첫 번째 단계는 장애인 자각과 좌절이었다. 친구의 사무실에 다니면서 나는 내가 장애인임을 뼈저리게 자각하게 되었다. 걸음도 제대로 걸을 수 없었고, 밥도 쉽게 먹을 수 없었고, 화장실 가는 것도 고난이었고… 모든 것이 정상인과는 너무 큰 차이가 있었고 비교가 되었다. 마음이 몹시 아팠다. '아, 나는 이제 정말 장애인이구나. 장애인으로 평생 살아가야 하는구나. 내가 할 수 있는 게 많지 않구나.' 그러다가도 문득 문득 '내가 여기서 나를 놓아버리면 내 존재가 완전히 사라지겠지? 내가 내 삶을 이렇게 포기하면 안되잖아.' 라는 의식화로 이겨보려고 기를 써보기도 했다. 하지만 그 좌절감은 쉽게 사라지지 않았다.

　여기서 잠깐 사고를 통해 내가 경험한 좌절감을 조금 더 자세히 들여다보고자 한다. 나는 사고를 통해 크게 세 가지의 좌절을 맛보았다. 첫 번째 좌절은 사고가 났을 순간에서의 좌절이다.

　'아, 이게 뭐지? 왜 내게 이런 엄청난 사고가 발생한 거지?'

　이 좌절감은 예기치 않은 갑작스런 사고를 당해 장애를 입어본 사람만 알지 않을까 싶다. 그리고 그 장애가 심하다면 그 좌절감은 그에 비례하여 클 것이다. 두 번째 좌절은 사고로 인해 내가 아무것도 할 수 없다는 것을 느꼈을 때였다. 그리고 그 아무것도 할 수 없음으로 인해서 세상에서 낙오됐다는 생각이 들게 되었을 때였다. 이때는 심지어 내가 길거리에 굴러다니는 쓰레기만도 못한 존재로 느껴지기도 했었다. 그리고 마지막 좌절은 아무리 노력해도 내 몸이 나아진다는 느낌이 없을 때였다. 정말 피나는 재활을 하는데도 내 몸에는 변화가 없을 때였다.

　이 세 번째 좌절에서는 자살의 충동을 가장 많이 느꼈을

1부. 어둠 속에서 희망을 보다

때이기도 했다.

이 자각과 좌절의 시기에 소외감이 심했다. 아니, 그것은 소외감 정도로는 표현이 안 된다. 소외감을 넘어 나의 피해 망상과 자격지심은 극에 달했다. 모임에서 친구들이 나를 배려하는 말투와 내용이 내게는 비뚤어지게 들렸다. 친구들의 배려를 감사하기보다는 왜곡하여 삐딱하게 받아들였다. 어느 누구의 배려도 달갑지 않았다. 나를 무시하는 것 같았다. 나를 더 짓밟는 것 같았다. 아마 나는 심리적으로 정신병자에 가까웠던 것 같다.

하늘이 도우셨을까? 이런 슬픔의 자각과 좌절 단계를 넘어서 삶에 대한 의미부여의 시기로 넘어가게 되었다. 정말로 다행이 아니겠는가? 첫 번째 단계에서 두 번째 단계로 넘어오는 과정에서는 말로 표현할 수 없는 심리적 갈등과 전투가 있었음이 기억된다. 자각과 좌절 단계에서 '아무리 노력해도 아무것도 좋아지는 게 없구나.' 라고 생각했고 '너무 힘들다.' 라는 생각이 지배적이었지만 그렇게 3개월이 지나고 6개월 정도가 지나가고 있었다.

그즈음 우연히 내 몸을 살펴보게 되었다. 나의 몸과 움직임을 뜯어보니 좋아진 것을 눈으로 발견할 수 있었고 몸으로 느낄 수 있었다. 좌절 속에서도 습관적이든 관성적이든 치열하게 진행된 재활의 몸부림으로 시나브로 내 몸이 좋아지고 있었던 것이다. 단 이런 진전이 부지불식간에 일어난 일이었고 좌절감이라는 깊은 수렁 속에 파묻혀 있었기에 내가 잘 못 느끼고 있었을 뿐이었다.

내 몸의 소중하고도 고마운 발전을 확인한 그날부터 내 가슴에 살고자하는 욕망이 꽃피기 시작했다. 내 몸의 세포들이 활력을 찾기 시작함을 느낄 수 있었다. 그러면서 모든 사물과 살아있는 것들을 보고 경험하면서 내가 살아야 할 이유에 대한 동기부여를 하기 시작했고 그것은 주로 의미부여를 통해 이뤄졌다.

이 의미부여는 소소한 일상 속에서 일어났다. 기억을 더듬어 그때의 의미부여 사례를 떠올려보면 이렇다.

'힘들지만 내가 걷고 있다는 것 얼마나 감사한 일인가?'

'코 끝에 불어오는 봄바람은 신께서 내게 향긋함을 선물하기 위함이 아니겠어?'

'석양의 노을이 아름다운 것은 나의 눈과 마음을 기쁘게 함이 아니겠는가?'

'들꽃 위에 앉았다 날아가는 나비와 벌들이 내게 반가운 손짓을 하고 미소를 지으며 다가오는구나. 나도 반갑게 안 녕~'

'오늘은 이슬비가 오는구나. 조금 지쳐있는 오늘 내 마음 을 부드럽고 촉촉하게 어루만져주려고~ 고맙구나 비야~'

'들판에 뛰어노는 강아지도 내가 좋은가봐. 꼬리를 흔들 고 멍멍 반갑게 짖잖아'

'신께서 나를 처참하게 망가뜨렸고, 살려주셨고, 일으켜 세우셨으니! 뭔가 이유가 있지 않겠어? 나를 통해 무언가 일 하시려 하지 않겠어? (참고로 나는 신을 믿지 않는 사람이었다)…

나는 이 시기에 바람과 물 그리고 별과 달과 구름과 하늘 과 같은 모든 자연의 세계에 내가 소중한 존재임을 의미부 여 했다. 그리고 풀과 꽃과 나무와 같은 식물을 통해서도 그 것들의 아름다움과 존재가치를 내 삶의 아름다움과 존재가 치와 연결을 했다.

강아지, 소, 돼지, 고양이, 닭, 새… 등 내 눈에 보이는 많은 동물들이 내게 사랑스러운 눈짓과 몸짓을 표현하는 것으로 의미를 부여했다. 그것은 즐거운 일이었다.

또한 사랑하는 내 가족들을 통해서도 나의 소중함과 가치를 의미부여했다. '사랑하는 여자친구한테 내가 얼마나 소중하고 필요한 존재인가? 내가 무능력하면 안되겠지? 열심히 일해서 희망도 주고 사랑도 듬뿍 주고 멋진 집도 사주자. 그래서 정말 행복을 선물해주자. 부모님께서 나를 언제까지나 책임지실 수 있을까? 혼자의 힘으로 대소변도 보고, 밥도 먹고, 경제력도 갖추어야 하잖아. 부모님께 효도하려면 내가 멋지게 일어서야겠지? 아니, 효도는 아니라도 최소한 불효는 하지 말아야지! 동생들에게 자랑스러운 형이 되자. 그래, 가족들을 위해서라도 열심히 살아보자'

아마도 난 내 가족과의 의미부여를 통해서 내가 가족을 위해 지켜야 할 것이 많았음을 깨달은 것 같다. 그것은 역설적으로 가족을 두고 삶을 포기하는 것에 대한 두려움이 컸던 것을 반증하는 것일 수도 있다. 어찌 되었든 가족을 통한 의미부여는 나를 의미부여하는 가장 큰 원동력이었을 것이다.

이 시기에 나의 눈에는 내 가족만 사랑스럽게 보이지 않았다. 내가 일상생활을 하면서 보게 되는 모든 사람이 다 깨끗하고 모두가 아름다워 보였다. 얼굴이 못나고 잘나고는 내 눈에 들어오지 않았다. 모두가 천사 같았고 모두가 행복해보였다. 단 한사람도 제외함이 없이. 그때 내게 든 생각은 '나도 아름다운 사람이다. 나도 저 사람들처럼 행복하게 살고 싶다. 나도 행복해질 수 있다…' 나는 이 시기에 지나가는 행인을 통해서도 내 삶의 의미를 찾을 수 있었던 것이다.

나의 의미부여는 여기서 그치지 않았다. '하늘의 신께서도 나를 살리시고 일으켜 세워준 이유가 분명히 있을 것이라고 확신했다.' 나는 신을 통해서도 내 삶에 의미부여를 했다. 이 모든 것들이 내 삶을 향한 의미부여였고, 내가 멋지게 살아야 할 이유에 대한 의미부여였다.

마지막 세 번째 단계는 회복이었다. 이 회복은 두 번째 단계인 의미부여와 밀접한 연관이 있다. 즉, 의미부여를 통해 나는 많은 것을 회복하게 되었다. 나 자신의 소중한 가치가 의미부여 되자 자신감이 회복되었다. 내가 만들어가야 할 내 삶의 역할들이 의미부여 되자 삶에 대한 소망이 회복되었다. 자연과 식물 그리고 동물과 사람들에 대한 아름다움을 느끼게 되자 세상 모든 것에 대한 사랑이 회복되었다. 신께서 나에게 주셨을 사명을 깨닫게 되자 감사와 열정이 회복되었다.

" 자각과 좌절! 삶에 대한 의미부여! 회복!

1년여에 걸친 3단계의 이 시기는!

지금의 나를 있게 만들어준 뿌리였다.

이 1년이 없었다면 지금의 나는 없다.

세상을 향해 나아가도록 든든한 뿌리가 되어준 이 시기!

세상을 향해 팔 벌리도록 든든한 가지가 되어준 이 시기!

세상을 향해 꽃 피우도록 벌과 나비를 초대해준 이 시기!

세상에서 풍성한 열매 맺도록 땀의 열정을 준 이 시기!

나는 이 1년의 시기 덕분에

세상에 당당히 섰고! 하늘을 멋지게 날았다!

40

겨울 언덕 너머로 우리는 **봄꽃**을 보았다

결혼, 재기의 출발이 되다

'2003년 2월 16일'

우리 두 사람은 결혼했다. 결혼 시점은 사고가 난 후 3년 6개월이란 세월이 흐른 뒤였다. 우린 결혼을 주제로 심도있는 대화를 나누지 않았었다. 아내도 나도 결혼이 급선무라고 생각했기 때문이다. 왜 같은 시기에 같은 생각을 했는지 우리는 지금도 모른다. 아마도 하늘의 뜻이었나 보다. 결혼 후 10여년이 흐른 뒤 아내가 이런 얘기를 한 적이 있다.

"내가 그때 상황을 감성적으로 판단하지 않고 이성적으로 판단했다면 결혼을 하지 않았을거야. 정에 많이 흔들렸지. 그리고 막연한 믿음도 있었어. 그야말로 막연한 믿음.

지금 생각해보면 당시에는 참 지혜롭지 못한 판단과 결정을 한 것 같아."

이런 이유로 나는 우리의 결혼을 하늘이 도왔다고 생각한다. 그래서 감성적 판단을 하게 해준 신께 감사하지 않을 수 없다.

하지만 결혼을 앞두고 내게 떠오른 생각들은 많았다. '내가 과연 밥은 먹게 할 수 있을까? 내가 한 여자에게 짐만 되는 것은 아닐까? 아이는 가질 수 있을까? 아이를 낳으면 건강할까? 결혼만이 우리가 지금 할 수 있는 최선의 결정일까?…' 결혼을 해야 한다는 생각은 있었지만 또한 복잡한 생각도 많았다. 결혼은 내가 가야할 길임을 알았지만 그 걸음이 순탄치 않을 것임을 걱정했기 때문이리라. 그래서일까? 결혼이라는 아름다운 장밋빛 환상보다 자욱한 안개 속에서 헤매며 서성거리는 내 모습이 자주 떠오르곤 했다.

그럼에도 불구하고 우리는 과감히 결혼에 골인했다. 가진 게 없었으니 대출을 받았다. 보험금 2천만 원과 3천만 원의 대출금으로 결혼비용으로 쓰고, 작은 신혼집도 마련하고, 낡은 중고차도 샀다. 막상 결혼을 하고나니 걱정보다는 담담했고 편안했다. 의외였다.

직장에 취업도 했다. 전북 익산시 여산면에 소재한 작은 기계제조 회사였다. 내 업무는 기계설계 관련 업무였다. 내 기억으로 120만 원 정도의 월급을 받았던 것 같다. 빠듯한 생활을 할 수밖에 없었다. 하지만 빠듯한 그 월급에서도 부모님께 용돈을 드릴 수 있어서 행복했다. 여행경비로도 썼다. 그 와중에 저축도 했다. 내가 그때 배운 것은 '돈은 버는 것도 중요하지만 어떻게 쓰느냐가 더 중요하구나' 였다. 언제 생각해봐도 참 알뜰하게 잘 살았던 것 같다.

그리고 항상 할 일이 있다는 것에 고마움을 느꼈다. 열심히 일했다. 신혼시절 우리는 더없이 행복했다. 사소함의 행복을 많이 발견하고 만끽했다. 땡그랑 땡그랑 몇 푼 없는 돼지저금통을 털어서 라면 한 봉지와 소주 한 병을 함께 마신 적도 있다. 저녁거리가 없는 날엔 들판에서 냉이를 캐다가 국을 끓이고 소주 한 병 곁들인 그 맛을 잊을 수가 없다. 그런데 참 행복했다. 그 시절에는 침대의 머리맡으로 새어 들어오는 달빛이 그렇게도 아름다울 수가 없었다.

결혼을 하고 나니 사랑하는 여인이 진짜 내 아내가 된 것이다. 아마도 늘 불안했던 것 같다. 언제 떠날지 모른다는 막연한 불안. 불안함을 떨쳐버리게 한 것이 결혼이었다.

그러니 그 안도감에 작고 사소한 것에서도 행복을 느낄 수 있었던 것 같다.

결혼 후 어려움이 없었던 것은 아니다. 아니 정말로 큰 어려움들도 있었다. 사고 보험문제로 소송을 7년이나 했다. 없는 재산에 빚만 차곡차곡 쌓여갔다. 그런 어려운 날에도 '같이' '함께' 라는 행복의 단어가 내 머릿속을 떠나지 않았다. 아니, 날 지켜주었다. 어려웠던 그 시절을 이겨낼 힘과 의지가 된 것은 결혼을 통한 동반자의 길이었다.

> 요즘 세상에는
> 결혼을 두려워하는 청년들이 많다.
> 이혼하는 부부들도 많다.
> 하지만 또 많은 사람들은
> 가정의 힘으로 행복을 가꾸어감을 말해주고 싶다.

겨울 언덕 너머로 우리는 **봄꽃**을 보았다

아가, 희망의 씨앗

　나름대로 행복한 결혼생활을 1년 정도 누렸을까? 조금씩 조바심이 들기 시작했다. 애가 생기지 않았기 때문이다. 할 수 있는 노력은 해봤지만 모두 허사였다. 나뿐만 아니라 아내의 조바심도 커져만 갔다. 좋다는 약도 많이 먹었다. 조바심은 금세 어두움을 향했다. 아내도 나도 걱정에 휩싸이기 시작했다. 그나마 불행 중 다행인 것은 그 상황에서도 불임 때문에 부부싸움은 하지 않았다. 아마도 서로를 더 생각했기 때문이라 생각된다.

　조바심과 두려움이 엄습해 올 때마다 사고 당시 의사의 말이 내 뇌리를 스쳤다.

"애를 갖지 못할 수도 있습니다."

사실 이 말을 해 준 의사에게 내 맘 속으로 화풀이를 하곤 했었다. '만약 그럴 가능성이 있더라도 내게 그런 말을 하지 말았어야지' 그 의사가 원망스러웠다. 심지어 그 말 때문에 애가 생기지 않는 것 같다는 생각도 했다. 물론 억지이지만 답답한 마음에 자주 그랬던 것 같다.

그러던 어느날. 병원에서 믿겨지지 않는 소식을 들었다.

"임신입니다."

우리가 그렇게 고대하던 임신인데 왠지 믿어지지가 않았다. 우리 두 사람은 의사선생님께 묻고 또 물었다. 초음파 사진을 확인하고 또 확인했다. 심지어 꿈 속에서도 확인했다. 임신은 사실이었다.

우리가 임신 소식으로 놀랄 수밖에 없는 이유가 있다. 사고로 인하여 내 신체의 많은 기능들은 이미 상실되었었다. 그런데 성기능은 기적처럼 살아있었다. 그뿐이 아니었다. 우리가 아기에 대한 기대를 갖기 어려웠던 이유는 또 있었다. 바로 아내의 상태였다. 아내는 결혼 후 난소암 수술을 했기 때문에 난소 기능은 상당히 약화되었었다. 나는 남성으로서, 아내는 여성으로서 아기를 갖기 참으로 힘든 상황이었다. 그야말로 천신만고 끝에 얻은 아가였다.

그렇게 우리는 첫 아이를 얻었다. '하늘을 날아보지 못했지만 아마 이런 기분일까? 천국에 가보지 못했지만 아마 이런 기분일까?' 모든 것이 아름다워 보였다. 게다가 아내는 자연분만을 했다. 아기는 우렁차게 울었다. 나도 아내도 하염없이 기쁨의 눈물을 흘렸다. 너무도 흔한 표현이지만 진짜로 세상을 다 가진 기분이었다.

아이가 태어난 시간은 저녁 7시였다. 3.2kg. 최고의 표준은 아니었지만 건강한 아들이었다. 초롱초롱한 눈망울. 오똑한 코. 빠알갛게 앵두같은 입술. 숱은 적었지만 새까만 머리카락. 참새다리 같은 손가락과 발가락. 모두가 사랑스러웠다.

아내와 나는 아가와 1분 1초도 떨어져 있고 싶지 않았다. 하지만 갓 태어난 아가이기에 신생아실에 두고 입원실 방으로 돌아왔다. 우리 두 사람은 아무 말 없이 웃음뿐이었다. 아내는 통증도 잊은 채 연신 어딘가에 전화를 눌러댔다. 물론 나도 마찬가지였다. 아내의 손을 살며시 잡아주고 "정말, 수고 많았어. 고마워. 사랑해"

쑥스러움이 많은 내 입에서 달콤한 언어들이 춤을 추고

있었다. 그리고 부모님을 비롯한 가족과 친한 지인들에게 문자와 전화로 기쁜 소식을 전했다.

그렇게 2시간이 지났다. 그 두 시간이 나에겐 2분 정도의 시간 정도로밖에 느껴지지 않았다. 아내와 내가 기쁨과 흥분의 기분을 만끽하고 있을 때 인터폰이 울렸다. 신생아실이었다.

"아기가 조금 이상하니 빨리 와주세요."

이건 또 무슨 말인가? 아내와 나는 신발도 제대로 신지 못한 채 아기에게 달려갔다.

우리가 그 짧은 시간에 도착했을 때 아기는 이미 인공호흡기에 의지한 채 힘겨운 숨을 쉬고 있었다. 아내는 그 자리에 털썩 주저앉았다. 아내는 간호사 출신이었다. 그것도 산부인과 간호사였다. 그래서 상황을 직감한 것 같다. 내 눈에 보이는 모든 사물도 다 시커멓게 보였다.

결국 아가는 우리에게 짧고도 짧은 눈인사를 한 뒤 세상을 떠났다.

'두 시간 동안 도대체 무슨 일이 있었던 것일까? 왜 다 죽어간 상황에서야 연락을 했을까? 아기는 보호를 제대로 받고 있었던 것일까?

별의별 생각이 다 들었다. 나는 아가의 죽음을 인정할 수 없었다. 기가 막힐 노릇이었다.

'어떻게 얻은 아기인데. 어떻게 얻은 아기인데.'

화가 머리끝까지 치솟았다.

병원은 협상을 제안했다. 나는 협상 제안 자체가 더 화가 났다. 난 협상이고 뭐고 아들을 살려내라고 했다. 그런데 그 화가 끝을 향하고 있었을 때 그리고 아내와 내가 화낼 힘도 없을 만큼 체력이 바닥났을 때 우리는 현실을 직시했다. 아가는 다시 돌아올 수 없다. 다시는 우리가 그 아가를 품에 안을 수 없다는 걸 깨달았다.

아가는 화장을 했다. 그리고 한 줌의 재로 남은 아가를 강물에 뿌렸다. 그렇게 우리 첫 아가는 2시간이라는 짧은 생을 마감했다.

아내는 한 달이 넘도록 정신을 차리지 못했다. 나 또한 좌절과 허탈함 그리고 분노로 하루하루 살기가 버거웠다. 하지만 그렇다고 그렇게 주저앉을 수는 없었다. 아내를 다독여야 했고 다시 일도 해야 했다.

나는 아기를 잃고 어떻게든 다시 기력을 찾으려고 발버둥을 쳤다. 눈물이 마를 날이 없었지만 남겨진 삶은 또 살아야

하기에 젖먹던 힘까지 냈다. 그런 와중에도 직장을 그만 두고 동업으로 함께 했던 선배와의 갈등으로 사업에서도 홀로 서기를 해야 했다.

'신은 도대체 내게 왜 이런 시련을 계속해서 주는 걸까?' 라는 생각도 참 많이 했었다. 아무리 살아보려 해도 오히려 수렁에 더 빠져 들어가는 것 같았다. 그렇게 힘겨운 나날들이 이어지던 어느 날. 다시 또 임신소식이 들려왔다. 처음의 임신소식 만큼이나 믿어지지 않았다. 임신소식을 접한 나와 아내는 똑같은 생각을 하고 있었다.

'엄마, 아빠 그만 슬퍼하고 현성이 동생으로 힘내요.'

우린 두 시간 만에 저 세상으로 간 첫 아기의 선물이라고 생각했다. 그리고 또 2년 후에 둘째 은성이가 태어났다. 우리는 확신했다.

"현성이, 은성이 두 아들 잘 키우세. 하늘에 있는 아가가 예쁜 동생을 두 명이나 선물로 줬잖아. 이제 슬퍼하지 말고 감사하며 살자고."

하늘로 간 아가를 생각하면 그 아픔은 평생 잊을 수 없지만 우리는 더 이상 슬퍼하지 않기로 했다. 하늘에 있는 아기가 원치 않음을 알기 때문이었다. 우리는 새로 얻은 두 아들을 감사함으로 열심히 키우기로 했고 지금도 열심히 키우고 있다.

하지만 두 아들을 얻은 대가는 혹독했다. 현성이를 낳은 지 3개월 만에 장모님께서 뇌경색으로 쓰러지셨다. 말씀도 못하시고 거동도 못하셨다. 십여 년이 지난 지금도 장모님의 상태는 크게 호전되지 않았다. 하지만 크게 나빠지지 않은 것은 장모님이 쓰러지신 뒤 지극 정성으로 돌보시는 장인어르신 덕분이리라.

악재는 그 뿐 아니었다. 아내는 둘째 은성이를 낳은 지 2년 후 서른여덟의 젊은 나이에 폐경을 맞았다. 두 아들을 주신 후의 폐경이니 어찌 보면 감사해야 할 일일지도 모른다. 그리고 사업적인 측면에서도 큰 어려움이 있었다. 다 쓰러져가는 회사를 인수해가라는 친구의 제안을 받아들인 대가로 경제적, 심리적으로 크나큰 손해를 입었다. 결국 빚은 늘어나고 사업의 비전은 보이지 않는 상황에까지 이르렀었다. 이 시절에도 하나님 원망을 참 많이 한 것으로 기억된다.

"하나님이든 누구든 신께서 계시다면 저한테 왜 이러시는 겁니까? 제발 저 좀 살려주세요."

겨울 언덕 너머로 우리는 **봄꽃**을 보았다

1부. 어둠 속에서 희망을 보다

힘겹게 살아가던 어느 날, 2007년 7월경으로 기억된다. 어느 회사에서 제작의뢰가 들어왔다. 그런데 이게 웬일인가? 의뢰한 제품 가격은 2만5천 원이었다. 재료비 빼면 인건비는 고사하고 천원도 남지 않는 일감이었다. 그것도 기한은 하루. 오늘 오후 4시경 오셔서 내일 오전까지 만들어 달란다. 나는 그 제품을 밤을 새워가며 만들었다. 12시간 정도 걸렸다. 만들면서 많이 울었다. 도와줄 직원은 단 한 사람도 없었다. 나는 겨우 비틀거리며 걸음걸이를 할 수 있는 정도의 중증장애인이었다. 땀으로 눈물로 내 몸과 옷과 신발은 물범벅이었다. 삶이 왜 그렇게 서글픈지. 내 인생은 왜 이렇게 고달픈지. 그래도 살아야했기에 제품을 사투 끝에 요구한 시간 안에 만들 수 있었다.

그런데 제품 납품한 며칠 후 알게 된 사실. 내가 그렇게 고생하는 모습을 의뢰인이 목격했다고 한다. 그 의뢰인 입장에서는 반드시 필요한 부품이었기 때문에 다급해서 만드는 상황을 지켜볼 수밖에 없었다고 말했다. 그래서 내가 눈물 흘리며 돈도 안 되는 제품을 만드는 것을 지켜봤다고 한다.

"이사장, 앞으로 내가 많이 도와줄게. 열심히 해봐."

하면서 어깨를 다독여주셨다. 그 일 이후로 나는 할 수 있다는 자신감도 생기고 왠지 잘 될 것 같은 기대감도 생겼다.

2만 5천 원짜리 제품을 만든 후 사업도 실제로 조금씩 조금씩 좋아지게 되었다. '신께서는 내가 참으로 불쌍해 보였나보다' 라는 말을 그 당시 많이 되뇌었고 신께 감사하다는 말도 많이 했었다. 그 이후로도 크고 작은 어려움들도 있었지만 지혜롭게 헤쳐나갈 수 있었다. 그리고 나는 이제 나름대로 견실한 사업의 경영자가 되었다. 나는 대단히 크게 성공한 사업가는 아니지만 대단한 용기와 대단한 노력으로 살아온 사람임은 분명하다. 내가 삶을 그렇게 살았기 때문이다.

″ 고난은 분명 고통스럽다.

이겨내기 어려울 정도로 힘들다.

그리고 그 고난에 쓰러지는 사람들이 많다.

하지만

쓰러지고 일어서는 사람도 많다.

지금 당장 해야 할 일 속에서 희망을 찾으면 된다.

그러면 어느새 희망이 내 곁에 웃음 짓고 있다.

2부
나의 존재

● ● ● ● ● ● ● ● ●

나의 존재가
누군가에게 의미 있는 사람일 때
그 가치를 제대로 느낄 수 있다.

둘째 아들로서의 나

4형제 중 둘째 아들.

단어만으로도 삭막하다. 딸이 없이 아들만 있는 집. 그것도 자그마치 네 명의 아들. 게다가 우리 형제들은 모두 과묵하다. 이런 환경에서 자란 사람은 아마도 혀를 찰 것이다. 감히 짐작하건대 가보지는 못했지만 사하라 사막의 황량함도 우리 가정만큼은 아닐 것이다. 셋째와 넷째는 딸을 고대하며 낳았다 한다.

그 옛날 대부분의 가정이 그러했듯이 장남인 형은 사랑을 독차지했다.(한편으로는 그만큼 어깨도 무거웠을 것이다) 또 어느 가정이나 그렇듯 둘째인 나는 여기도 저기도 끼지 못하는 어정쩡한 위치의 아들인 잉여의 존재였다. 그 누구보다도 모든 문제를 알아서 스스로 해결해야 하는 둘째. 나의 위치는 알라스카 중에서도 오지였다.

익산시 춘포에 살게 된 것은 내가 태어날 즈음이다. 그 전까지는 서울역 근처에서 살았다 한다. 규모는 작지만 집을 네 채나 가질 정도였으니 아버지는 경제능력이 있었다. 하지만 그런 호사는 내 것은 아니었다. 아버지는 당시의 재산을 모두 탕진하고 귀향을 선택했고 익산에 내려오셨다. 빈 털터리로 내려왔기에 생계는 주로 어머니의 몫이었다.

어머니는 당시 이리극장 근처에서 호떡장사를 하셨다. 어머니는 젊은 시절 상당한 미모의 소유자였고 음식솜씨 또한 내로라하는 분이었다. 덕분에 호떡집은 불이 날 정도로 장사가 잘 되었고 돈도 많이 버셨다. 한 푼 두 푼 모은 돈은 꽤 큰돈이 되었고 아버지는 그 돈으로 집을 마련하자 하셨다. 어머니도 집 장만하는 것이 소원이었기에 흔쾌히 아버지께 돈을 드렸고 이사를 갔으나, 어머니의 눈앞에 보이는 집은 아버지의 말과 달랐다. 어머니의 상상과는 너무도 달랐다. 아버지는 어머니께 받은 돈을 하룻밤 새 날리시고 쓰러져가는 허름한 집 한 채 간신히 마련했던 것이다.

아버지는 하루가 멀다 하고 술을 드셨다. 폭언도 심했고 폭행도 많았다. 아버지를 이해할 수 없었다. 존경할 수는 더욱 없었다. 그저 어머니가 불쌍하기만 했다. 나 스스로도 참으로 딱한 존재라고 생각했다. 나는 당시 아버지의 모습을 보면서 '나는 커서 술을 마시더라도 절대 술주정을 하지 않을거야' 를 가슴에 담고 또 다짐했다. 하지만 성인이 된 어느 날부터인가 아버지는 더 이상 원망의 대상도 불평의 대상도 아니었다. 언제부터인지는 모르지만 아버지가 이해되기 시작했다. 진심으로 그랬다. 이유는 이렇다.

'아, 아버지는 우리 가족을 위해 무언가를 해보고 또 해보고 또 해보다가 생각처럼 되지 않으셨나보다. 심리적으로 물질적으로 많은 압박 속에서 고단한 삶을 사셨겠구나!' 라는 생각이 들었기 때문이다. 그래서일까? 몇 년 전 세상을 떠나신 아버지가 문득 문득 보고 싶다.

어머니는 전형적인 여자시다. 무서운 이야기에 어린이처럼 소스라치게 놀라신다. 예쁜 꽃을 보면 한참을 해맑게 웃으신다. TV의 드라마를 보시다가 훌쩍훌쩍 눈물도 자주 흘리신다. 출타를 하실 때 입술을 바르시고 분을 바르실 때는 흡사 아가씨 같기도 하다. 말씀하시는 모양새도 항상 조신하다. 어머니로서의 존재는 존경스럽지만 한 여자로서의 존재로 보면 무척이나 사랑스럽다.

외갓집에서 6남매 중 외동딸로 자라셨다. 외할아버지와 외할머니의 사랑뿐만 아니라 오빠들에게도 그리고 남동생들에게도 사랑을 듬뿍 받고 자라셨다고 한다. 그러던 어머니께서 시집을 와 4형제를 낳으셨다. 아버지까지 다섯 남자의 둥지 안에서 사셨다. 자라온 환경과 결혼 후 환경이 정말 많이 달랐는데도 어머니는 정말 잘 이겨내셨다. 오직 지아비와 자녀들만을 위해 한평생을 살아오셨다.

그런 덕 아닌 그런 탓에 어머니는 친구가 없었다. 아니 친구를 만날 시간이 없었다. 짬을 내 여행을 갈 여유도 없었다. 일밖에 모르시던 어머니였다. 결혼 전 미인이라 칭찬이 자자했던 어머니의 얼굴에는 어느새 주름이 가득하다. 물론 내 눈에는 지금도 최고의 미인이지만 어머니의 일생이 가엽다.

그 시절 아니 지금의 시대에도 어머니의 사랑은 높고도 크다. 어느 어머니가 아니 그랬겠느냐만 어머니는 밖에 일을 가셨다가 들어오시면 꼭 간식을 챙겨오셨다.

새참(새꺼리)으로 받은 것을 자식들 주시려고 챙겨 오셨던 것이다. 우리 형제들은 둥지의 제비새끼들처럼 어머니의 주머니, 손, 가방을 들여다보고 그 간식을 쟁탈해 갔다. 이제, 내가 어머니를 챙기고 싶다. 그 사랑 다 갚을 수는 없지만 이제 맘껏 챙겨드리며 살아가고 싶다.

우리 4형제들의 삶은 경쟁을 넘어 전쟁터의 전사들이었다. 동물의 세계에서처럼 먹는 자와 먹지 못한 자, 살아남는 자와 살아남지 못한 자만 있을 뿐이었다. 각자도생(各自圖生)의 삶으로 누가 누구를 챙겨주고 누가 누구의 도움을 기대하는 것은 없었다. 먹는 것에서, 입는 것에서, 자신의 존재감을 드러내는 것에서, 심지어 공부하는 것에서도 경쟁이 치열했다. 모두가 스스로 살아남아야 했다. 그런 삶에서 훈련된 이유에서일까? 지금 우리의 형제들은 모두 스스로의 방법으로 잘 살아간다.

나의 초등학교 시절은 감성이 충전되었던 시기라고 할 수 있다. 한 마디로 아름다운 자연을 만끽하는 시간들의 연속이었다. 내가 살던 신복리에서 춘포초등학교까지는 왕복 20리(8km) 길이었다. 그 길 위와 길 옆에 펼쳐지는 풍경들을 나는 정말로 좋아했고 즐겼다.

덜커덩 덜커덩 비포장도로를 굴러가는 소구루마 소리, 열심히 그리고 분주하게 소똥을 굴리며 일하는 쇠똥구리의 풍경, 봄여름가을 내내 피고 지는 들녘의 야생화, 때로는 시원하게 때로는 고요하게 흐르는 만경강 물줄기, 푸르고 누런 보릿대, 가을이면 고개 숙인 벼와 벼이삭의 구수한 냄새, 학교 뒤의 연꽃밭… 그야말로 내 주변의 삶은 한 폭의 풍경화와 같았다.

나는 풍경화와 같은 시골의 삶이 너무 좋았다. 매일 보는 자연이지만 매일 매일 달라지는 자연의 모습이 궁금하고 재미있었다. 물리적인 계산으로는 등하교길(왕복 8km)이 만만치 않은 거리였지만 나는 한 번도! 단 한 번도! 힘들어하거나 지루해 한 적이 없다. 풍경들을 구경하고 즐기다 보면 어느새 학교에 그리고 집에 도착해 있었다. 늘 그렇게. 그래서 학교에 도착하면 옷이며 신발이며 지저분하기가 일상이었다. 내 기억으로 선생님께 지적도 많이 받았던 것 같다. 당시 선생님께 많이 혼이 나서 그런지 나는 공부를 못하는 사람으로 착각이 들 정도였다. 그런데 한 반 60여 명 중에서 5등 정도를 했으니 공부도 곧잘 한 것 같다.

66

겨울 언덕 너머로 우리는 **봄꽃**을 보았다

지금도 시골 들녘을 걸을 때면 당시의 온갖 향기들이 머릿속에 떠오른다.

중학교는 경쟁을 알았던 시기였다. 촌놈이 시내권에 있는 이리동중에 들어갔으니 나름 출세한 것이었다. 사실 입학했을 때 성적 걱정은 안했던 것 같다. 왜냐하면 초등학교 때 그렇게 놀고 즐기면서도 상위권에 있었기 때문이다. 그런데 중학교에서 첫 시험을 치른 후 그 생각은 180도 바뀌었다. 초등학교 때와는 달리 내가 모르는 문제가 너무 많은 것이었다. 많이 놀랐다. 아, 시골하고 시내하고는 수준 차이가 많이 나는구나!

그렇다고 겁을 먹은 정도는 아니었다. 한 번 해보고 싶었다. 제대로 경쟁해서 이겨보고 싶은 생각이 들었다. 물론 시내에 사는 친구들보다(다 그런 것은 아니겠지만) 불리한 여건이었던 건 사실이다. 나는 집에 가면 집안일을 거들어야 했고, 밤에는 아버지가 면학 분위기를 조성해 주지 않았고, 통학 시간은 왕복 3시간 정도였으니 여러 모로 시내 친구들에 비해 불리한 조건이었을 것이다.

첫시험에서 반 50등 정도에 있었던 성적이 10등까지 오르더니 4,5등까지도 올랐던 것으로 기억한다. 경쟁에서 이겼다는 성취감에 기분이 좋았다. 하지만 분명히 한계는 있었던 것 같다. 더 이상의 성적으로 오르기에는 여러 가지 이유로 불가능해 보이기도 했다.

고등학교 시절은 현재의 삶을 있게 한 생활의 반석이 되어준 시기였다. 부모님과 일가친척 모두 전북기계공고를 가라 하셨다. 그러나 나는 기술보다는 공부를 하고 싶었다. 하지만 집안 사정이 대학을 보낼 형편이 안 된다는 생각도 있었던 것 같고, 실업계 고등학교를 가면 고입시험의 무게에서도 조금 벗어날 수 있을 것 같았고, 학비는 국비에, 점심도 준다 하고, 기숙사에도 들어갈 수 있다는 것 등 내게는 최고의 선택이라 생각했다.

드디어 고등학교에 입학했다. 가장 놀란 풍경은 고등학교에서 사열을 하는 것이었다. 당시는 군출신이 교장선생님으로 계셨던 이유일 것이다. 새로운 경험도 내게는 흥미로운 사건이었다.

첫 시험을 치렀다. 680여 명의 학생 중 내 뒤의 등수는 서너 명으로 기억한다. 충격이 아닐 수 없었다. 초등학교, 중학교를 거치면서 내가 바보라고 생각했던 적은 없었다. 그런데 고등학교 첫 시험의 결과에서 나는 바보의 성적을 받았다. 이유는 있었다. 실업계 고등학교인만큼 실습성적이 중요했다. 나는 국영수의 과목들에서는 나름 자신이 있었지만 실습에서는 거의 점수를 받지 못했다. 한 마디로 실습에 재능이 없었던 것이다. 선반, 밀링, 제도, 용접, 판금, 연삭, 다듬질 기계조립 등의 실습 과목이 있었는데 나는 실습에서 거의 낙제점을 받았다. 난… 손재주가 없었던 것이다. 실업계 고등학교 학생으로서 치명타였다.

'대학으로 진로를 바꾸고 싶은데 어떻게 해야 하나?' 를 비롯해서 고민이 썰물처럼 밀려왔다. 그러다가 중학교 동문 선배들에게 조언을 구했다. 동문 선배들의 공통적인 조언은 "죽는 힘을 다해 자격증을 따라" 였다. 그 길밖에 없다는 것이다. 나는 선배들의 조언을 믿었다. 아니, 내가 선택할 수 있는 것이 그것밖에 없는 것처럼 느껴졌다. 그래서 죽기를 각오하고 자격증 취득을 위해 노력했다. 결과는? 내게는 기적 같은 일이지만 자격증도 따고, 성적도 오르고 내신도 좋아졌다. 그래서 내가 원했던 전주공전(지금의 전주 비전대학)에 입학할 수 있었다.

우여곡절 끝에 대학에 입학했다. 하지만 나에게 대학생활은 혼돈의 시기였다. 실업계 전공이 적성에 맞지 않는 것은 어쩔 수 없는 것이었나 보다. 수업을 받아도 '이 길은 내 길이 아니야'라는 생각만 강해질 뿐이었다. 그때부터 공무원 시험 준비를 시작했다.

1학년을 마치고 군에 입대했다. 군에 입대해서도 틈틈이 사법고시나 공무원 시험 준비를 했다. 제대 후 95년에 복학을 했지만 나에게 학교는 졸업장이라는 가치만 있었다. 복학하고 나서 내내 공무원 시험 준비만 했다. 96년 2월에 졸업을 했다. 졸업 후 공무원 시험 준비에 전념했다. 97년 내가 치른 첫 공무원 시험에 낙방했다. 그리고 97년 12월에 지금의 아내를 만났다. 결혼을 위해서도 꼭 합격해야 했다. 여자 친구에게 합격을 약속했다. 그런데 98년 두 번째의 시험에서도 낙방을 했다. 마음이 급해진 나는 닥치는 대로 시험을 준비했다. 그 절심함이 통했을까?

" 99년 드디어 경찰공무원에 합격했다.
다행이었다.
그리고 합격발표 1주일이나 지났을까?
끔찍한 교통사고를 만났다.

그리고
공무원의 꿈은
허공으로 사라졌다.

세상을 살아가다 보면
상상조차 할 수 없었던 끔찍한 일이
하필이면 내게 닥치기도 한다.

하지만 무너진 그때
모두가 포기하지는 않는다.
누군가는 일어서고
나 또한 기적처럼 일어섰다.

지금도 내 사고를 아는 일부 지인들은
내가
죽은 줄 안다.
그러나 나는
그 누구보다도 열심히
성공한 삶을 살아가고 있다.
지금!

가장과 남편으로서의 나

　20여년의 결혼생활 동안 가장으로서 나를 한 단어로 표현하자면 '미안함'이다. 아내와 아이들을 고생시킨 것과 그들에게 준 상처들을 어찌 말로 다 담아낼 수 있으랴. 하지만 지금 이 시점에서는 절망 속의 어두운 이야기보다는 희망 속에서의 빛나는 이야기들로 채우고 싶다. 먼저 내가 꾸린 가정과 그 가족의 소중함과 고마움을 이야기하고 싶다.

　아주 오랫 동안 우리 가족의 사진 속에는 늘 나는 없었다. 대부분 가정의 사진 속에 아빠들이 등장하지 못하는 것은 일반적인 일이다. 그 공통적 이유가 아빠는 가족들의 사진을 찍느라 자신은 함께 찍을 수 없는 환경이 대부분이었기

겨울 언덕 너머로 우리는 **봄꽃**을 보았다

때문이리라. 하지만 나는 그 이유가 다르다. 아내와 아이들의 멋지고 즐거운 사진을 찍어주느라 사진에 없는 것이 아니라, 나는 애초부터 그 장소에 함께 하지 못했던 것이다. 여행을 가면 나는 그저 운전사일 뿐이었다. 여행지의 주차장까지가 나의 역할이었고 그 뒤의 일정은 아내와 아이들만이 해당되는 일이었다. 거동이 불편한 나는 가족과 여정을 함께 하지 못했다. 그저 주차장 차 안에서 대기하고 있었던 것이다.

어느 해의 어느 여행지. 평소와 똑같이 차 안에서 시간을 때우고 있던 나. 문득 이런 생각이 들었다.

'나 없는 저들만의 시간이 즐거울까? 아니야 그렇지 못하겠구나. 어떤 예쁜 꽃을 보고, 어떤 멋진 일들을 체험해도 그 좋은 느낌을 만끽하지 못할 거야. 남편이 또는 아빠가 차 안에서 기다린다는 사실이 그들의 머리에 떠오르겠지. 그래서 그 아름다움과 즐거움들을 함께 맛보지 못한다는 생각이 들겠지. 그러다보면 그 기쁨과 감격을 오롯이 느끼지 못하게 될 거야.'

그랬다. 나는 가족을 위해 운전을 기꺼이 감수하며 내 역할을 다했다고 생각해왔었다. 그리고 가족들도 고마워할 것이라고 생각했다. 하지만 그런 나는 우리 가족에게 또 다른 짐이 된다는 것을 깨달았다. 또 다른 아픔이 될 수도 있었다는 것을 깨달았다. 그래서 결심을 했다.

'여행 시 나란 존재가 가족에게 더 이상 불편한 짐이 되지 말아야겠다. 더 이상 나로 인하여 가족들의 여행에서 그들의 즐거움이 조금이라도 줄어드는 일이 있어서는 안 되겠다.'

그 결심의 시작은 8년여 전이었다. 안동하회마을에 여행을 갔을 때부터 실행에 옮겼다. 하회마을에 도착했을 때 평소처럼 아내와 아이들만 당연한 듯이 내렸다. 그리고 아내와 아이들은 하회마을을 둘러보기 위해 걸음을 재촉했다. 하지만 나는 평소처럼 하지 않았다. 주차된 차 안에 있지 않았다. 과감히 차에서 내렸다. 그리고 가까이 보이는 산을 바라봤다.

'그래, 이제부터 가족과 함께 하는 여행을 위해서 준비를 해보자. 오늘 내가 저 낮은 산에 오를 수 있다면 다음 여행부터는 가족과 모든 여정을 함께 할 수 있을거야.'

나는 주저 없이 산을 오르기 시작했다. 내가 의지한 건 오로지 스틱(등산용 지팡이) 뿐. 30여 분이 지나 정상에 도착했다. 거뜬했다. 그리고 상쾌했다. 비록 낮은 산이지만 내가 여행지에서 주차장을 벗어났다는 크나큰 성취감이었다.

그때 내게 떠오른 섬광 같은 생각이 있었다.

'아, 지금까지 내가 못하는 게 아니라 안했던 거였구나.'

나는 그 순간 자신감을 얻었다. 그리고 다짐도 했다.

'이제부터 조금 힘이 들기야 하겠지만 불가능한 게 아닌 가족과의 동행을 멋지게 시작해보자.'

산에서 하회마을을 바라보며 한참 동안을 기쁨에 도취해 있었다. 그때 내 눈에 들어온 것은 아내와 아이들. 가족이 보였다. 나는 아내와 아이들을 소리쳐 불렀다. 아주 크게 불렀다. 아내와 아이들이 나를 바라보고 깜짝 놀랐다. 그 표정이 지금도 생생하다. 아마도 '저기를 어떻게 올라갔지?'라는 생각을 아내도 아이들도 했을 것이다. 손을 힘차게 흔들어줬다. 그리고는 숨도 쉬지 않고 아내와 아이들이 산을 오르기 시작했다. 득달같이 달려온 아내와 아이들은 나를 안아주었다. 가족 모두 말로 전하지 않은 무언의 감동이 가슴에 파고들었다. 비록 말은 없었지만 여러 가지 생각들을 했을 것이다.

그때 나는 또 하나의 깨달음을 얻었다. '지금의 내가 있기까지는 나 혼자만의 의지와 분투 때문이 아니었구나. 오히려 그것보다 사랑하는 가족이 있다는 것 바로 그것이 더 큰 힘이요 동력이었구나' 하는 것을. 사실 그 깨달음 전까지 나는 '내가 가족에게 힘이 된다는 또는 내가 가족에게 힘이 되어야만 한다.' 는 생각으로 살았었다. 가족은 일방적인 것이 아니었다. 내가 힘을 주고 또 내가 가족으로부터 힘을 얻는 것이었다.

이쯤에서 아내와의 이야기를 해볼까 한다. 그것도 아내가 가장 기뻐했을 것 같은 날의 이야기로….

나와 아내는 15년 동안 25평 아파트에서 살았다. 신혼 때부터 25평에 살았으니 그런대로 괜찮았다고 생각할 수도 있겠지만 내용을 들여다보면 그렇지 않다. 엄청난 우여곡절이 있었다. 그 이야기는 아픔이 있는 이야기이기에 독자의 상상에 맡겨둘 생각이다.

2017년 6월.

15년 동안의 옛집을 떠나 브랜드 있는 45평의 아파트로 이

2부. 나의 존재

사를 했다. 이 일 자체가 나에게는 기적이 아닐 수 없었다. 계약하던 날. 아내와 나는 오붓한 시간을 가졌다. 아내가 조촐한 술상을 차렸다. 낙지볶음을 안주로 올리고 소주 한 병이 함께 했다. 술을 들이키다가 아내가 눈물을 흘렸다.

"왜 울어?"

내가 물었다. 잠시 침묵이 흐르다가 아내가 대답했다.

"그냥, 나도 모르게 눈물이 나네…"

아내가 잇지 못한 말, 내 마음 속에 기억이 있었다.

아내는 '이사 가자' 고 그 숱한 날을 이사 노래를 불렀던 사람이 아닌가. 때로는 사랑의 눈빛으로 때로는 원망의 눈빛으로 애원도 했었다. 살림은 많고 집은 좁으니 방 한 칸은 거의 창고가 되었고, 치워도 표도 안나니 청소도 무의미했었다. 아내는 창피했는지 지인들 초대를 극히 꺼려했다. 나의 부족함으로 아내의 자존심을 지켜주지 못했었다. 만감이 교차하며 옛 기억이 끊이지 않았다. 그 날 우리는 소주보다는 기쁨에 더 취했다.

어느새 잔금 치르는 날이 돌아왔다. 잔금을 완납하고 등기가 이전되던 날. 퇴근하고 집에 돌아오니 아내가 나를 반겼다. 그리고 나를 사랑스럽게 안아주었다. 우리의 삶에서 안아주는 역할은 주로 나였다. 내가 힘들 때 또는 아내가 힘들어 보일 때 나는 아내를 안아주곤 했다. 안아준 이유? 그때는 그것밖에 할 수 없었기 때문이다.

귀가하자마자 나를 안은 아내가 던진 말은

"고생했어."

사실 그건 내가 먼저 하고 싶은 말이었다. 그런데 아내의 입을 통해 듣게 되었다. 나도 화답했다.

"당신도 그동안 고생 많았어."

우리는 한참을 안고 있었다. 그러는 동안 나는 또 옛 생각에 잠겼다. 이사 노래를 부르던 아내에게 항상 설득으로 일관했던 내가 아닌가. 그리고 집보다는 공장이 우선순위를 차지하고 있었지 않은가. 어느덧 공장도 해결되고 이사도 해결되는 기적 같은 날이 바로 오늘 아닌가.

그리고 이사는 내게도 특별했다. 나는 지금도 밤에 잠을 설치지 않는 날이 없다. 나는 2시간에 한 번 잠을 깬다. 화장실을 가야하기 때문이다. 사고 후유증으로 장 기능에 문제가 생겼는지 화장실을 자주 간다. 게다가 밤낮을 가리지 않는다. 낮에야 조금 불편함 정도지만 밤에는 정말 불편하다. 화장실이 하나뿐이던 집에서 화장실이 두 개인 곳으로 이사를 오니 큰 번거로움이 해결되었다. 잠을 자다 말고 2시간에 한 번씩 멀리 있는 화장실을 다녀야 하는 고충은 생각보다 크다. 이젠 안방의 화장실을 이용하니 좋다. 그리고 낮 시간의 경우에도 시도 때도 없이 가야하는 화장실 때문에 생기는 가족과의 마찰이 사라졌으니 특별하지 않을 수 있겠는가.

이사 덕분에 저녁이나 밤에도 물을 맘껏 마시는 호사도 누리게 되었다. 무슨 소리일까? 나는 밤에 물을 마시면 화장실에 자주 가게 된다. 그래서 전에 살던 집에서는 밤중에 화장실 가는 불편함을 최소화하기 위해 밤에는 거의 물을 마시지 않았다. 아무리 목이 마르더라도. 이제는 물을 맘껏 마신다. 맥주도 마시고 싶으면 마시고 잔다. 화장실이 가까우니 걱정이 없다.

이사한 지 며칠이 안 되어 어머니께서 오셨다.

"선우야, 고생 많았다."

그러면서 아내에게 흰 봉투를 건네셨다. 열어보니 무려 100만 원이나 들어있었다. 아내는 받지 않겠다고 몇 번을 사양했지만 어머니는 끝까지 넣어두라 하신다.

"필요한 것 있으면 사."

웬만해선 눈물을 흘리지 않는 나인데 가슴이 뭉클했다.

아이들도 참 좋은 모양이다. 거실이 운동장 같다느니, 공을 차도 괜찮겠다느니 요란스러웠다. 무엇보다도 각자의 방이 생기니 좋아했다. 전에는 엄마와 아이들이 한 방에서 잤기 때문에 불편했을 것이다.(아내가 아이들과 자는 이유는 세 가지 - 첫째 수시로 화장실을 가기 때문에 잠을 설친다. 둘째 심하게 코를 곤다. 셋째 이도 심하게 간다) 이젠 아이들도 각자 방을 가져 독립했다.

아내는 요즘 살림하는 맛이 나는 모양이다. 정리하고 청소하는 동안 콧노래가 절로 나온다. 그리고 이사 온 후 처음 맞은 겨울. 베란다 창밖으로 내리는 눈이 유난히 아름다워 보인다.

아빠로서의 나

"아빠는 그림자 같은 존재야."

내가 아이들에게 자주 하는 말이다. 처음 이 표현을 아이들에게 들려주었을 때 큰 아들 현성이가 물었다.

"아빠, 그림자 같다는 존재가 무슨 뜻이에요?"

나는 기다렸다는 듯이 설명을 했다.

"그 의미는 크게 세 가지가 있어."

"세 가지나요?"

"그래 세 가지."

"먼저 첫 번째 의미부터 설명해줄게."

나는 잠시 숨을 고른 뒤 이야기를 시작했다.

겨울 언덕 너머로 우리는 **봄꽃**을 보았다

83

"그림자는 주로 뒤에 있지?"

"네."

"아빠도 그림자처럼 너희들 앞에 서기보다는 뒤에 있다는 의미야."

두 아들이 호기심 어린 얼굴로 나를 바라봤다.

"뒤에 있다는 의미는 또 육체적인 부분과 정신적인 부분 두 가지로 나눌 수 있어."

나는 양손을 하나씩 차례대로 펼치며 이야기를 이어갔다.

"먼저 육체적인 부분을 설명해볼게. 아빠가 몸이 불편하니 몸을 이용해서 하는 일들에 있어서 너희들을 이끌어주기가 어렵잖아."

"네."

"하지만 너희들이 하고 싶은 것들을 비록 내가 먼저 제시하거나 이끌어주지는 못하더라도 뒤에서만이라도 도와주는 역할을 하겠다는 의미야."

"아. 그렇군요."

"두 번째 정신적인 부분에 대해서 말하자면 아빠의 생각을 주입하거나 강요하기보다는 너희들의 생각을 받아주고 공감하고자 한다는 의미가 담겨져 있지."

아이들이 고개를 끄덕였다.

"다시 말하자면 아빠는 너희들을 앞에서 이끌어주기보다
는 묵묵히 뒤에서 바라보며 너희들의 생각과 너희들이 하고
자 하는 것들을 수용하고 지원하며 응원해주고 싶다는 뜻이
야."

아이들은 의미심장한 표정을 짓고 있었다.

이번에는 둘째 은성이가 물었다.

"그럼, 두 번째 의미는 뭐예요?"

"아빠가 그림자 같은 존재라는 두 번째 이유는 너희들과
늘 함께 있다는 의미야."

"네?"

두 아들의 표정으로 보아 설명이 더 필요해 보였다.

"보통 그림자는 뒤에 있기 때문에 잘 보이지 않잖아."

"네."

"사람들은 자기 그림자에 관심이 별로 없으니까?"

"맞아요."

"그렇지만 그림자가 없는 것은 아니잖아. 그림자를 보려
고 하면 얼마든지 찾아볼 수가 있어."

잠시 바닥의 옆과 뒤를 돌아보고 다시 말을 이었다.

"게다가 그림자는 아주 가까이에서 너희들과 붙어 있잖아. 이런 그림자의 모습처럼 아빠가 너희들 눈에 잘 보이지 않아도 아빠는 항상 너희들 곁에 붙어 있다는 뜻이야. 그러니 아빠는 언제든지 너희들이 필요할 때 힘이 되어줄 수도 있고, 너희들이 도움을 요청하지 않는 경우에도 아빠가 생각하기에 너희들에게 도움이 필요하겠다는 판단이 서면 아빠가 알아서 도와주기도 하겠다는 의미야."

"우와, 아빠는 우리의 수호천사네요"

"그래, 아빠가 너희들의 수호천사가 되어줄게."

물 한 모금 마시고 이야기를 이어갔다.

"마지막 세 번째 의미는 너희들에게 질문을 먼저 해볼게"

"네, 뭔데요?"

"그림자가 생기려면 뭐가 있어야하지?"

"빛이요."

현성이가 재빠르게 대답했다. 현성이는 평소에 책을 워낙 많이 읽기 때문에 웬만한 상식은 꿰고 있는 편이다.

"그래, 맞았어. 그림자는 빛이 있는 곳에서 존재해."

'근데 빛과 그림자가 무슨 연관이 있는 걸까? 라는 생각이라도 한 듯이 아이들은 고개를 갸우뚱했다.

2부. 나의 존재

"아빠가 그림자처럼 너희들 곁에 늘 있어주려면 너희들은 빛이 있는 곳에 있어야해. 그래야 그림자가 생기니까. 아빠는 너희들이 생각에 있어서나 행동에 있어서 밝고 아름다운 생각을 많이 하고, 밝은 곳을 향해 걸어가는 사람이 되었으면 좋겠다는 바람을 담고 있지."

아이들이 고개를 끄덕였다.

"너희들이 밝은 곳에 있을 때 아빠는 함께 있어서 너희들을 도와주고 지지해 줄 수 있겠지만, 너희들이 어두운 곳에 있거나 어두운 것을 생각하면 아빠는 너희들과 함께 하지 못하게 될 거야."

나는 이 이야기를 처음 전해주던 그 날의 느낌을 생생히 기억한다. 나의 마음가짐은 비장했고, 비록 어렸지만 아이들의 눈망울에서도 다짐의 의지를 엿볼 수 있었다.

나는 훌륭한 아빠는 아니어도 좋은 아빠는 되고 싶었다. 자랑스러운 아빠는 못되어도 부끄럽지 않은 아빠가 되고 싶었다. 육체는 함께 하지 못해도 마음은 늘 함께 해주는 아빠가 되고 싶었다. 아빠로서 역할은 아직도 현재 진행형이지만 나름대로 열심히 해왔다고 생각한다.

하지만 부족함이 있기에 아쉬움도 미안함도 크다. 미안함이라는 단어에 큰 아들 현성이가 빠질 수 없다.

어느 날 현성이에게 물었다.

"아빠가 다른 아빠들처럼 축구도 못 해주고, 캠핑도 못 가고, 스키장도 못 가주는데… 섭섭하지?"

"…"

잠시의 침묵 후 현성이가 입을 열었다.

"아니, 괜찮아요. 아빠는 다른 것들도 많이 해주시잖아요."

근데 나는 현성이가 괜찮아 보이지 않았다. 현성이가 잠시의 침묵 후에 대답을 했다는 것도 마음에 걸렸다. '언젠가 아이들이 어릴 적의 추억을 이야기 하면서 그때는 슬펐었지요라는 이야기를 할지도 몰라' 아이들에게는 작지 않은 상처가 되었을 거라는 생각에 나는 미안함을 넘어 두려운 마음까지 들었다. 안 해주는 것과 못주는 것의 차이는 분명히 크다. 내가 안 해준 것이 아니라 해주고 싶어도 못해주는 것이었기 때문에 아이들에게 미안한 마음은 아주 오래 갈 것 같다.

비단 놀아주는 것만의 문제는 아니었다. 아이들을 학교에 보내고 여러 가지 아빠가 해야 할 역할이 있을 때마다 나는 그 역할을 제대로 해 본 적이 없다. 그런 일들은 모두 아내의 몫이었다. 어쩌면 아이들은 몸이 불편한 아빠를 그리고 아빠가 역할을 못해준다는 것을 당연한 일상으로 받아들였을 수도 있다는 생각이 들기도 했다. 그러니 금쪽같은 아이들에게 어찌 미안한 마음이 들지 않겠는가.

하지만 그나마 다행인 것은 그런 환경 속에서도 현성이와 은성이는 기가 죽는 일은 없었던 걸로 기억한다. 내가 몰랐을 수도 있지만 평소의 생활에서 나는 그런 모습을 보지 못했다. 나에게는 위안이요 감사가 아닐 수 없다.

현성이의 탄생은 우리에게 선물 같은 존재였다. 첫 아기를 잃은 아내와 나의 모든 아픔을 그것도 빠른 시일 내에 잊게 해준 고마운 존재였기 때문이다. 아마도 현성이가 태어나지 않았다면 우리는 지금 부부로 살고 있지 못할 확률이 아주 높다. 현성이는 우리 부부와 우리 가족의 끈을 이어준 생명줄 같은 존재였다. 그래서일까. 나는 현성이에게 기대가 컸다. 그만큼 엄격하기도 했다.

'불편한 아빠가 못 해주는 것들을 현성이가 아빠를 대신해서 엄마와 동생을 살펴줘야 한다.' 는 유형의 말과 사인들을 자주 건넸던 것 같다. 그러한 일들이 어린 현성이에게는 적지 않은 부담이었을 것이다. 어린이는 어린이답게 자라야 좋은 것인데 나는 현성이를 애어른으로 키우고 있었으니 그 무거운 짐을 홀로 지고 살았을 현성이에게 미안함이 크다.

그런 무거운 짐에도 불구하고 현성이는 예의 바르고 책을 많이 읽는 아이로 자랐으니 내가 복이 많은 모양이다. 나 스스로도 책을 많이 읽는 편이지만 현성이의 독서량을 감히 따라갈 수는 없다. 나는 현성이에게 책을 많이 읽게 해서 스스로 생각하는 힘을 길러주고 싶었다. 또한 책 속에서의 많은 간접경험(아빠가 직접경험을 해주는 한계가 있기 때문에)을 통해 외부의 개입이 없더라도 자신의 꿈을 스스로 키워가기를 원했다. 분명한 사실은 현성이는 많은 양의 독서의 대가로 논리적인 의사표현능력이 상당하다. 그리고 덤으로 동생 은성이도 책을 읽는 습관이 자연스럽게 전해지게 되어 일석이조의 효과를 누릴 수 있었다.

현성이가 책임감이 많고 차분한 성격의 소유자라면 둘째 은성이는 밝고 당차다. 형이 어려워하는 아빠를 은성이는 좀처럼 의식하지 않는다. 혼나야할 상황에서도 당당하다.

92

겨울 언덕 너머로 우리는 **봄꽃**을 보았다

자신이 혼나지 않을 이유도 거침없이 제시한다. 그리고 세상 어떤 걱정도 없는 아이이다. 그런데도 참 사랑스럽다.

은성이의 장점은 놀라운 집중력이다. 놀라움을 넘어 무서울 정도이다. 뭔가 자기에게 해야 할 일이 주어지면 그 일이 끝날 때까지 초집중을 한다. 건담 같은 프라모델을 시작하면 조립이 완성될 때까지 그 자리를 뜨지 않는다. 심지어 밥도 먹지 않고 화장실도 패스(pass)한다. 관찰력과 집중력은 장차 은성이가 진로를 설계하는 데 핵심적인 키워드가 될 것이다.

현성이는 때로 내가 기댈 수도 있는 듬직한 맛이 있고, 은성이는 무엇을 해도 마냥 예쁘고 귀엽기만한 맛이 있다. 이런 귀한 아이들이 내 자녀라는 게 기쁨이다. 이런 아이들의 부모로 사는 우리 부부는 참 행복하다.

3부

나를 일으킨 기적의
7가지 단어

• • • • • • • • • •

스쳐가는 바람에게서도 찾았다.
내가 살아가야 할 이유들을.
바람에 뒹구는 낙엽에게서도 배웠다.
내가 헤쳐가야 할 삶의 방법들을.

준비

나는 산을 좋아한다. 사고가 있기 전에도 좋아했고 후에
도 그러했다. 산에 오르는 일은 나에게 작지 않은 성취감을
준다. 물론 그런 성취감은 나만의 전유물은 아닐 것이다.

하지만 조금은 다른 느낌이 내게 있다. 사람들이 산에 오
르면 대부분 정상을 목표로 둔다. 그것은 산을 정복의 대상
으로 보기 때문일 것이다. 사고 전에는 나도 그랬다. 하지만
사고 후에는 달라졌다. 산은 내게 있어 정복의 대상이 아니
라 극복의 대상이 되었다. 비록 내가 정상에 오르지 못한다
할지라도 한 걸음 한 걸음이 내게는 극복의 대상이 되었던
것이다. 그리고 그 작은 극복의 발걸음들은 내게 크나큰 기

뿜의 성취감을 가져다주었다.

사고 후 힘겨운 재활을 하는 동안에도 나는 산을 그리워하곤 했다. 그런 현상은 마치 한국인이 해외에서 식사를 할 때 무의식중에 김치를 찾는 것과 별반 다르지 않는 느낌이었을 것이다. 하지만 평지도 제대로 못 걷는 내가 아니었던가. 아니 평지에서 똑바로 서 있기도 힘들어하던 내가 산에 오른다는 것은 한마디로 언감생심이었다.

산에 오르더라도 나 혼자서는 절대로 불가능한 일이기 때문에 누군가의 도움이 필요했다. 하지만 그 도움은 단순한 도움의 정도가 아니라 엄청난 고통이 될 것이라는 것은 분명했다. 그래도 나는 가고 싶었다. 그래서 당시의 여자 친구(지금의 아내)에게 산에 데려가 달라고 떼를 쓰던 기억이 많다. 그런데 그건 누가 봐도 어린아이 같은 철없는 투정이었다.

그러던 어느 날. 지성이면 감천이라 했던가! 드디어 산에 오를 기회가 찾아왔다. 어느 나른한 오후 전화벨이 울렸다.

"여보세요."

"어, 친구 웬일이야."

동네 친구로부터 오랜만에 전화가 걸려왔다.

겨울 언덕 너머로 우리는 봄꽃을 보았다

"그냥 궁금해서. 어떻게 재활은 잘 되고 있어?"

친구의 음색에서는 걱정 섞인 마음이 배어나왔다.

"응… 그냥 하고 있어."

그때 문득 산이 떠올랐다.

"부탁이 하나 있는데…"

"뭔데, 말해봐?"

"…"

나는 한참을 주저하다가 입을 열었다.

"나랑 산에 같이 가줄 수 있겠어?"

"그게 무슨 어려운 부탁이야. 가자. 언제 갈까?"

친구의 대답은 시원시원했다. 아마도 친구는 내 상태가 어느 정도인지 감을 잡지 못했을 것이 분명했다. 친구와의 통화가 있은 후 며칠 후, 미륵산에 가기로 했다. 동행자는 나와 여자 친구 그리고 친구 이렇게 세 사람이었다.

주차장에서 내려 세 사람이 등산코스의 초입에 들어섰다. 100미터나 걸었을까? 이미 내 다리는 흔들리고 있었다. 하지만 내색하지 않았다. 미륵산에 오르는 코스는 여러 개가 있는데 하필이면 제일 힘든 코스를 택했다. 그 코스를 선택한 것은 의도적인 것이 아니었고 어쩌다 보니 그 코스의 주차장에 차를 주차했기 때문이었다. 그만큼 계획성이 없이 의욕만 앞섰던 것이다. 산을 정말 오르고 싶었기 때문에 힘든 코스도 힘든 발걸음도 참아낼 수 있었다. 어느새 내 온몸은 땀으로 축축이 젖어 있었다. 호흡이 가쁜 것은 말할 것도 없었다. 그 고생의 대가일까? 우리 세 사람은 중턱 가까이까지 올라서 있었다.

"이제 내려가자."

고통스러운 얼굴로 친구가 내게 말했다.

"그래요 선우씨, 이제 내려가요."

여자 친구도 기진맥진한 목소리로 말했다. 여자 친구의 손은 바위 구간을 오를 때 밧줄을 잡고 힘을 너무 많이 썼는지 군데 군데에 살갗이 벗겨져 있었고 피멍도 들어 있었다.

"아니, 조금만 더 가자."

친구와 여자 친구는 의아해 했다. 내가 당연히 내려가자고 할 줄 알았는데 의외라는 표정이었다. 아니 두 사람은 어이가 없다는 표정이었다. 내 의지가 간절하고 딱해 보였는지 두 사람은 조금 더 오를 것에 동의했다. 그리고 얼마나 올랐을까? 정상은 아니지만 더 이상 갈 수 없을 것 같은 한계에 부딪혔다. 이제는 두 사람이 가자해도 내가 못 갈 것 같았다. 한마디로 표현하자면 죽을 것 같았다.

"이제, 그만 가자."

친구와 여자 친구의 얼굴에는 녹초가 된 상황에서도 다행이라는 안도감의 표정이 엿보였다. 그렇게 하산은 시작되었다. 뜨거웠던 태양도 서쪽으로 뉘엿뉘엿 기울고 있었다. 하지만 난 이미… 혼자서는 조금도 걸을 수 없는 지경에 이르렀다. 내려올 때 써야할 에너지를 전혀 생각하지 못했던 것이다. 몇 시간을 내려오는 동안의 고생은 두 사람에게 미안해서 생략하고 싶다. 나를 거의 업고 내려왔으니… 두 사람은 아마도 지옥에 갔다 온 느낌이었을 것이다. 그 일이 있은 후 두 사람은 어느 누구도 산에 가자는 이야기를 아니 내 입에서 나오는 산이라는 단어에 귀를 기울이지 않았다.

나는 사고 후 처음으로 산에 올랐던 그 날을 절대로 잊을 수 없다. 크게 세 가지 이유에서다. 하나는 사실… 나도 죽을 만큼 힘들었기 때문이다. 정말 그랬다. 또 하나는 친구와 여자 친구에게 너무도 미안했다. 이건 미안하다는 말만으로는 표현하기 어렵다. 두 사람을 너무 힘들게 했고 너무 큰 폐를 끼쳤다. 마지막 하나는 큰 깨달음을 얻었기 때문이다.

그 깨달음 때문에 3장의 처음을 이 에피소드가 장식하게 된 것이다.

나는 그 날 '준비'와 '단계'라는 평범한 두 단어에 평범하지 않은 뼈저린 깨달음이 있었기 때문이다. 간단하지만 명확한 깨달음이었다. 첫 번째 '준비'에 대한 깨달음은 이렇다. '산에 오르고 싶었으면 산에 오를 만한 준비를 했어야지. 그렇지 않으니까 나도 힘들고 다른 사람들까지 힘들게 했잖아. 산에 오르고 싶으면 준비를 하자'라는 깨달음이 컸다. 두 번째 '단계'에 대한 깨달음은 이렇다. '산에 오르고 싶었으면 처음부터 너무 욕심을 낼 것이 아니라 충분히 다녀올 정도만 다녀왔으면 좋았잖아. 조금씩 조금씩 step by step 거리를 늘려갔어야 하는데 한꺼번에 오르려하니 욕심만 과했지.

이제부터는 단계적으로 하자. 1단계 다음에 2단계 그리고 3단계… 그렇게 하다보면 정상에 오르는 날도 있을거야.' 이때의 두 가지 깨달음은 내 삶에서 많은 영향을 끼쳤다. 사업을 시작하고 15년 가까이 오랜 세월을 힘들게 일구었던 나. 그리고 그 어려움들을 극복해냈던 나. 오늘의 나는 그때 깨달았던 '준비'와 '단계'라는 단어가 준 힘이었다. '사업을 멋지게 일구고 싶으면 내가 할 수 있는 일을 준비하자.

그리고 내게 주어진 하루의 단계를 잘 이겨내 보자. 그러다 보면 밝은 내일이 올 것이다' 라는 믿음과 실천으로 사업을 일구었기에 오늘의 내가 있을 수 있었다. 그 날의 등산과 그 날의 깨달음은 나의 사업과 내 삶의 여정에서 정말로 중요한 가르침을 주었던 것이다.

" 현재를 충실히 일구는 것이
  희망찬 미래를 만드는 가장 좋은 준비이다.

내려놓음

　어느 화창한 가을 일요일 오전. 여름이 물러가고 이제 막 가을의 문턱에 들어서는 초가을의 아침이었다. 햇살은 눈부셨고 바람은 시원했다. 봄바람이 여인들의 마음을 흔든다면 그날의 가을바람은 내 마음을 흔들고 있었다. 밖에 나가고 싶었다. 무작정 어디론가.

　"현성아, 은성아."

　아이들을 불렀다.

　"네, 아빠."

　기다렸다는 듯이 대답하며 아이들이 거실로 나왔다.

　"밖에 나가서 바람 좀 쐬고 올까?"

"좋아요."

주섬주섬 옷을 챙겨 입고 차에 올랐다.

차는 자연스럽게 만경강변을 향했다. 강물의 잔잔한 은파도 아름다웠고 차창 너머로 불어오는 바람은 솜털처럼 부드러웠고 꽃내음처럼 향긋했다. 드라이브를 하다가 맘에 드는 곳이 있으면 차를 세우고 내렸다 타기를 여러 번 반복했다. 그렇게 한 시간여의 환상적인 시간을 보냈다. 그리고 차는 또 어디론가 향했다. 어디를 가려고 집을 나선 것이 아니었기 때문에 나는 마음 가는대로 운전했다. 그러다 도착한 곳을 보니 춘포 초등학교. 나의 어릴 적 모교였다. 도착하여 차에서 내리는 순간 어릴 적 추억들이 눈앞의 그림처럼 떠올랐다. 마치 누군가 내 초등학교 기억의 스위치를 켠 것처럼. 그 추억의 그림들에는 운동회, 점심시간의 뜀박질, 교장선생님 조회, 방과 후 선생님들의 배구하는 모습… 생생한 기억의 추억여행을 즐기고 있을 그때.

"아빠, 저기 공이 있어요."

현성이가 남쪽의 벤치를 가리켰다. 내가 앉았던 벤치는 서쪽에 있었다. 축구공이었다. 누군가 놀다가 잊고 갔을 것이다. 아이들이 축구공을 향해 달려갔다.

"와, 거의 새 거예요."

현성이가 공을 운동장에 튕겨봤다. 은성이도 튕겨봤다. 그러더니 서로 간격을 두고 패스를 했다. 공 하나에 아이들은 물 만난 고기처럼 제대로 신이 났다. 나는 보는 것만으로도 재미있었다.

"아빠한테 한 번 패스해봐."

나도 몸이 근질근질하여 몸을 일으켜 세웠다. 몸은 여전히 묵직하고 뻐근해서 간신히 설 수 있었다. 하지만 마음만은 가벼웠다.

"알았어요. 자, 가요."

현성이가 패스를 했다. 아주 짧은 시간이었지만 내 몸은 휘청거렸다. 다행히 넘어지지는 않았다. 패스를 받은 나는 사탕을 받은 세 살배기 아이처럼 신이 났다. 그리고 왼발에 힘을 주고 오른발로는 공을 힘껏 찼다. 떼구르르. 공이 굴러간 거리는 2미터도 안됐다. 공이 제대로 발에 맞지 않았기 때문이다. 오른발이 생각한 만큼 펴지지 않았다. 은성이가 공을 내 앞으로 가져다주었다. 다시 힘껏 차보았다. 이번에는 아예 공이 발에 닿지도 않았다. 오히려 몸만 휘청거렸다.

"어, 왜 안 되지."

나는 아이들 앞에서 머쓱했다. 솔직히 창피하기도 했다. 그야말로 마음은 청춘인데 몸이 따라주지를 않는 것이었다. 아이들도 애써 외면하는 모습이었다. 말랑말랑하던 떡이 시간이 지나 딱딱한 돌덩이처럼 굳듯 내 몸이 딱딱하고 뻣뻣했다. 아주 잠깐 동안이지만 생각해보았다. '왜 그럴까? 내 몸이 왜 이럴까?' 그때 불현듯 스친 생각이 힘이었다. '아, 내가 지금 몸에 힘을 너무 주고 있나?' 바로 그거였다. 그동안 내가 재활을 하면서 몸에 힘을 많이 줬던 기억이 떠올랐다. 내가 몸에 힘을 주는 이유는 단 한 가지뿐이었다. '넘어지지 않기 위해서! 넘어지면 창피하니까!' 그랬다. 공을 차고 넘어질까봐 힘을 너무 많이 줬던 것이다. 넘어지면 아이들한테 창피하니까. 물론 내 자신에게도 못마땅하고. 잠시의 머릿속 혼란에서 한 가지 결심을 하면서 빠져나왔다. '그래, 넘어지면 어때. 그냥 한 번 해보자. 우리 애들이잖아. 이해해 줄 거야. 그리고 나 자신한테도 창피할 것 없어. 지금 현재 내 몸 상태를 그냥 인정하자. 자존심 같은 건 이제 내려놓자.' 이것이 내가 내린 결심이었다. 그리고는 심호흡을 크게 한 번 했다.

"애들아, 아빠한테 공 다시 줘봐."

공을 제대로 차지 못한 아빠를 외면하려 일부러 나에게서 조금 떨어져서 패스 놀이를 하던 현성이 은성이. 아이들의 눈이 나를 향했다. 그리고 내게 패스를 했다.

"아빠, 잘 차 봐요."

아이들의 목소리에서 기대 반 걱정 반이었던 것 같은 느낌을 받았다. 그냥 그렇게 느껴졌다.

"그래, 이번엔 잘 차볼게."

나는 내 안에 있던 자존심, 욕심, 사람들 눈, 두려움, 창피함, 열등감… 이런 복잡한 심경의 단어들을 비웃기라도 하듯 내려놓았다. '넘어지면 어때. 다시 일어서면 그만이지. 괜찮아 그냥 즐기면 되는 거야.' 명상을 하는 편안한 마음을 가슴에 장착했다. 그리고 자연스럽게 공을 찼다.

"우와, 아빠."

이번에 공이 발에 제대로 맞았다. 발에 닿는 느낌도 참 좋았다. 내 몸은 이전에 경험하지 못했던 가벼움을 느끼고 있었다. 부드러움도 느낄 수 있었다. 이상했다. '마음 하나 바꿨을 뿐인데. 이렇게 달라질 수 있나?' 내가 한 일이지만 내가 신기했다.

나를 내려놓는다는 것, 있는 그대로를 인정한다는 것, 내게 굳이 필요 없는 힘을 뺀다는 것… 등등의 표현들이 뇌리를 스쳐갔다.

그 다음에 든 생각은 또 이랬다. '그래, 물속에 빠졌을 때도 힘을 빼면 물에 뜨는데 사람들이 힘을 잔뜩 주고 발버둥을 치니까 힘도 빠지고 위험에 빠지게 되는 거잖아.' 생각이 생각을 낳아 철학적 깊이까지 다다랐다. '물속에서 힘을 뺀다는 것은 무엇을 의미하지? 진짜로 힘을 빼다기보다는 생각을 내려놓는 거잖아. 생각을 내려놓아야 몸의 힘을 빼지. 그래. 생각이 먼저구나. 생각을 먼저 내려놓는 거구나.'

그랬다. 공을 찰 때도 내 생각을 내려놓으니 힘을 뺄 수 있었다. 무조건 힘을 빼려했다면 힘은 빠지지 않았을 것이다. 그때의 일은 나를 억누르고 있던 많은 잡다한 생각들을 내려놓게 하는 멋진 계기가 되었다.

″ 내려놓음은
생각에서 출발한다.

기도

많은 사람들이 기도를 한다. 물론 여기에서 종교인은 빠질 수 없을 것이다. 재미있는 사실은 기도하는 사람 중에 나도 빼놓을 수 없다는 것이. 하지만 난 종교인은 아니다. 엄밀히 말하자면 무신론자인 듯한 유신론자이다. 그럼 누구에게 기도를 하는 것일까? 나는 평소 믿는 신은 없지만 왠지 신은 있다는 생각을 하며 살고 있다. 그 신이 어떤 신인지는 모르지만 어찌되었든 신은 있다고 확신한다. 나는 어디에 있는지도 모르는 그 신에게 기도를 하는 것이다.

언젠가 기자들이 빌게이츠에게 성공요인에 대해 물었다

고 한다. 빌게이츠는 그 답변에서 자신의 성공요인은 주문에 있다고 강조했다. 아침에 눈 뜨자마자 하는 주문에 있다는 것이다. 그 주문의 내용은 이렇다.

"난 뭐든지 할 수 있어."

"오늘은 왠지 나에게 큰 행운이 올 것 같아."

누구나 아는 내용이다. 특별할 것이 없어 보인다. 그런데 왜 빌게이츠에게는 성공의 요인이 되었을까? 왜, 많은 사람들에게는 별 것 아닌 것이 되었을까? 그것은 아마도 꾸준함에 있었을 것이다.

어찌 되었든 빌게이츠의 성공요인에 대한 답변은 주문이었다. 어떻게 보면 주문이고 어떻게 보면 기도이다. 아침에 눈 뜨자마자 외우는 주문 또는 기도가 자신의 성공을 이끌었다고 빌게이츠는 말했던 것이다. 주문 또는 기도는 분명히 어떤 힘을 가지고 있었다. 나는 성공이라는 말을 그다지 좋아하지 않는다. 하지만 내가 하는 기도가 나를 일으키고 성장시키는데 도움이 되었다고는 생각한다.

그럼 나는 '어떤 기도'를 '누구에게' 그리고 '왜' 하고 있는가? 방금 전에도 언급했듯이 나는 '내가 알지 못하는 그러나 어딘가에는 존재하고 있을' 그 신에게 기도를 한다. 어떤 특정된 종교에 구속되지 않으니 자유로워서 좋다. 그리고 막연하게나마 나를 돕는 신이 존재한다는 생각만으로도 충분히 힘이 된다. 또한 조금이라도 악을 멀리하고 선에 가까운 삶을 살게 하는 나침반 같은 역할도 해준다. 나는 그런 신에게 기도를 한다.

그럼 나는 왜 신에게 기도를 하는 것일까? 그 이유는 분명하다. 내가 고독하기 때문이다. 누군가에게 의지하고 싶기 때문이다. 도움이 필요하기 때문이다. 그럴 때 대부분은 가까운 사람을 찾는다. 하지만 나의 경우 사람들은 나의 필요를 채워주기에는 만족스럽지 못했다. 사람들로부터 상처를 많이 받았었던 나였기 때문에 사람들로부터 공급되는 긍정의 에너지는 크지 못했다. 그래서 나는 나의 고민이나 생각들을 사람들에게는 말하기를 주저하는 경향이 있다.

그런 주저함이 반복되다 찾은 것이 바로 신이다. 내가 힘들고 어려울 때, 내가 지칠 때, 어떤 판단이 필요할 때 나는 신을 찾는다. 그리고 마음에 담은 생각과 판단과 고민들을 신께 기도하거나 이야기하면 속이 후련해진다. 그리고 신께 드리는 기도가 더 좋은 것은 아무 때나 할 수 있다는 것이다.

114
겨울 언덕 너머로 우리는 **봄꽃**을 보았다

내가 좋아하는 사람 또는 내가 만나고 싶은 사람을 만나려면 여러 가지 복잡한 상황이 벌어지고 '즉시성'도 없다. 신께 드리는 기도는 마음만 먹으면 1초 안에도 이루어질 수 있다. 사람들과의 만남은 여러 가지로 어려움이 많다. 그래서 나는 신과의 대화 또는 신께 올리는 기도를 선호한다.

그럼 나는 주로 어떤 내용의 기도를 하나? 크게 세 가지이다. 감사, 반성, 소망이다. 이 세 가지 기도를 시도 때도 없이 한다. 빌게이츠가 아침에 기상하면서 주문을 외었다고 하지만 나는 그 말을 이렇게 해석한다. '나는 눈을 뜨자마자 하는 주문을 하루를 살아가는 동안 생각이 날 때마다 마음속으로 외친다.'라고 말이다. 나 또한 나의 기도는 정해진 시간이 없다. 시시각각 자주 한다.

먼저 감사의 기도를 살펴보자. 감사에 대한 기도도 특별히 정해진 시간은 없지만 주로 잠자리에 들기 전에 할 때가 가장 많은 것 같다. 그 이유는 잠들기 전 눈을 감고 하루를 돌아보는 습관이 있기 때문이다. 하루를 돌아보면 감사하지 않을 수 없다. 감사에 대한 내용은 주로 이렇다.

'오늘 하루도 무사히 마치게 해주셔서 감사합니다. 오늘도 우리 가족 무탈하게 해주셔서 감사합니다. 업체와의 갈등을 잘 해결할 수 있게 해주셔서 감사합니다. 빗길에 넘어지지 않게 해주셔서 감사합니다. 오늘 아내의 따뜻한 옷 한 벌 선물을 감사합니다…'

감사의 소재는 헤아릴 수 없이 많다. 지금 생각해보면 하루하루 감사의 기도를 드리며 잠자리에 든다는 것도 참으로 감사할 일이다. 이 감사의 기도는 나에게 행복을 가져다준다.

반성의 기도는 주로 이런 내용들이다.

'오늘 업체 사장님과의 대화에서 불필요한 말을 했습니다. 해서는 안 될 말을 했습니다. 용서해 주세요. 다시는 그런 실수를 하지 않기를 원합니다. 오늘 운전을 하면서 끼어들기를 한 운전자에게 큰 소리로 화를 냈습니다. 참지 못하고 이해하지 못한 저를 용서해 주세요. 식당에서 반찬이 떨어졌을 때 퉁명스러운 말투로 주문했습니다. 직원에게 건넨 기분 나쁜 표정과 말투를 용서해 주세요. 잘 나지도 못한 제가 잘난 척을 한 것은 교만입니다. 겸손하지 못한 저를 용서해 주세요. 저에게 기분 나쁜 말을 한 사람에게 저 또한 뒤에서 험담을 했습니다. 나를 돌아보기 보다는 저도 똑같은 사람이 되어 아량을 베풀지 못했음을 용서해 주세요…'

이 반성의 기도들은 이제 내가 실수나 잘못을 저질렀을 때 바로바로 나오는 기도들이다. 불편한 나의 마음을 다시 고쳐 먹고 같은 실수를 반복하지 않기 위한 나의 발버둥일지도 모른다. 그러면서 나는 조금씩 조금씩 성숙해져 가고 있음을 느꼈고 그로 인하여 좋은 일들도 생겨나기 시작한 것이다.

세 번째 소망의 기도는 주로 이런 내용이다. '제가 지금 하려는 결정이 옳은 판단이 되게 해주세요. 이 결정으로 인해 상처받는 사람들이 없게 해주세요.' 내 소망의 기도에서 내게 필요한 뭔가를 얻고자 하는 기도는 거의 없다. 소망의 기도는 주로 내가 하는 판단이나 선택이 옳은 판단이기를 하는 마음에 초점을 둔다.

소망의 기도라 하면 주로 뭔가를 '이루게 해 달라.' 는 내용이 많은데 나는 그렇지 않다. 그 이유에 대한 설명은 '진인사대천명' 이라는 말이 대신해 줄 수 있다.

나는 내게 주어진 모든 일에 최선을 다하려 노력하는 사람이다. 그리고 나서 결과는 하늘에 맡기는 스타일이다. 요행을 바라지 않는다. 그래서 복권을 한 번도 사 본 적이 없다. 내가 노력하지 않은 것을 원한 적이 거의 없다. 내가 노력한 일에서도 좋은 결과가 나오지 않을 때가 많은데 노력도 하지 않고 좋은 결과를 원한다는 건 신께서 좋아하지 않을 것이라 생각한다. 최선을 다하는 것은 나의 몫이라면 그 결과는 신의 영역이라 생각한다. 내가 노력했는데 결과가 좋지 않았다고 해서 크게 실망하지 않는다. 결과는 이미 나의 영역이 아니기 때문이다. 노력이 반드시 좋은 성과나 성공을 가져온다면 노력하지 않을 사람이 어디 있겠는가? 결과는 신의 영역이다. 나는 그렇게 생각한다.

어찌 되었든 나는 소망의 기도에서 내가 원하는 것을 갖기 위함보다는 나의 선택, 결정, 판단 등이 '옳음'이라는 단어에 있기를 기도한다. 그것은 나의 선택들이 늘 옳지만은 못했고 누군가에는 상처를 주는 일도 있었기 때문에 그런 일들의 발생을 최소화하기 위한 바람이 있기 때문일 것이다.

나는 개인적으로 가수 전인권 씨를 좋아한다. 그 이유는 전인권 씨가 부른 '사노라면' 이라는 노래 때문이다. 그 노래의 가사가 내가 힘들었을 때 나의 기도와도 같았고 내게 힘을 주었다. 이 노래는 나의 매일매일 삶 속에서 입으로는

겨울 언덕 너머로 우리는 봄꽃을 보았다

불려지지 않지만 심장에서는 쉬지 않고 불려지는 노래이다. 내가 이 노래를 좋아하는 정도는 아내가 잘 안다. 아내에게 나는 이런 말을 했다.

"여보, 나중에 나 죽으면 내 장례식장에 '사노라면' 노래 계속 틀어줘요."

'사노라면' 이 노래에 실린 가사는 내게 힘이 되어준 그리고 가장 가까운 친구와도 같은 간절한 기도문이었던 것이다.

사노라면
사노라면 언젠가는 밝은 날도 오겠지
흐린 날도 날이 새면 해가 뜨지 않더냐
새파랗게 젊다는 게 한밑천인데
째째하게 굴지 말고 가슴을 쫙 펴라
내일은 해가 뜬다 내일은 해가 뜬다

비가 새는 작은 방에 새우잠을 잔데도
고운 님 함께라면 즐거웁지 않더냐
오손도손 속삭이는 밤이 있는 한

째째하게 굴지 말고 가슴을 쫙 펴라

내일은 해가 뜬다 내일은 해가 뜬다

　나는 먼 훗날 죽음을 맞이한다면 신과 이런 대화를 나누고 싶다. 아주 간절히.

　신께서 나에게 이렇게 말씀하실 것 같다.

　"선우야, 너 참 열심히 살았구나. 수고했어."

　나는 이렇게 대답하고 싶다.

　"저도 참 열심히 살려고 노력했어요."

겨울 언덕 너머로 우리는 **봄꽃**을 보았다

3부. 나를 일으킨 기적의 7가지 단어

습관

독일의 철학자 칸트. 나는 어느 면에서 칸트와 닮았다. 그것은 바로 시간이라고 할 수도 있고 습관이라고 할 수도 있다. 칸트의 습관 또는 시간 지킴에 대한 일화는 유명하다. 칸트는 일정한 시간에 아니 거의 정확한 시간에 공원을 산책했다고 한다. 마을 사람들이 칸트가 산책하는 시간을 보고 시계를 맞췄다고 할 정도로. 칸트가 얼마나 시간관리와 자기관리에 철저했는지 알 수 있는 이야기다.

나 또한 칸트만큼은 아니더라도 칸트와 비견할 정도로 일정한 습관을 가지고 있다. 그 습관은 나의 성실함을 대변하고 나의 꾸준함을 보여준다고 할 수 있다. 그 습관이 지금의 나를 만드는데 크게 일조했음을 나는 잘 안다.

나의 하루 일과를 살펴보자. 참고로 나의 하루 일과는 특별한 일이 있지 않는 한 거의 똑같이 그리고 거의 정확한 시간에 반복된다. 주말은 조금 다르지만 평일은 거의 변화가 없다.

나는 보통 6시 45분쯤 눈을 뜬다. 의아할 것이다. '사업을 하는 사람의 기상 시간 치고는 너무 늦지 않은가?' 라는 생각이 들 것이다. 나도 인정한다. 하지만 이유는 있다. 나는 잠을 자면서 평균 세 번 내지는 네 번 정도 잠에서 깬다. 그리고 화장실에 간다. 그러다보니 늘 숙면을 취하기가 어렵다. 이런 이유로 아침 기상이 늦은 편이다.

아침에 일어나면 가장 먼저 하는 일은 잠깐의 묵상이다. 나만의 짧은 기도의 시간이다. '오늘 하루도 열심히 살기를, 오늘 하루도 보람이 넘치기를, 오늘 하루도 행복이 가득하기를' 주로 이 세 가지의 내용으로 짧은 기도를 한다.

그리고 거실로 이동하여 미지근한 물 한 잔을 마신다. 몸 안의 장을 깨우는 작업이다. 물을 마신 후 곧바로 씻으러 간다. 의식적으로 콧노래를 부르며 씻는다. 하루를 기분 좋게 출발하기 위한 분위기를 만드는 것이다. 샤워기의 떨어지는 물방울 소리에 맞춰 리듬을 타기도 한다.

몸과 마음을 씻고 나면 옷을 입는다. 옷을 입을 때 항상
같은 자리에 놓여 있는 물건들(자동차 키, 핸드폰)을 챙긴다.
아침 식사는 간단하게 따뜻한 물로 대신한다. 그리고 신발
을 신는다. 신발을 신으면서 어제 퇴근하면서 놓아둔 물건
이 없는지 확인한다. 여기서 잠깐. 내가 옷을 입는 공간과
신발을 신는 공간에서 만일 내 물건들이 제자리에 없다면
나는 그 물건을 놓고 출근할 확률이 높다. 아니 거의 100%
그 물건을 놓고 출근한다. 난 늘 놓던 자리에만 내 물건들을
놓는 습관이 있다. 어쩌다 아이들이 내 물건을 만지고 다른
곳에 놓는 날이면 나는 그 물건을 놓고 가기가 일쑤다. 결국
내가 물건을 놓는 장소도 늘 그 자리에 정해져 있다. 물건을
놓는 장소의 습관이다.

신발을 신고 출근을 한다. 출근하는 시간은 8시. 그리고
10분여를 운전하고 회사에 도착하면 8시 10분이다. 회사에
서 열심히 일하고 퇴근하는 시간은 6시 또는 6시 10분이다.
거의 예외는 없다. 퇴근하면서 아내에게 전화를 한다.

"집으로 바로 갈 거야."

"오늘은 저녁 약속이 있어."

이 멘트 외에는 거의 없다. 퇴근할 때의 나의 상황은 이 둘 중의 하나 안에 있기 때문이다. 만약 약속이 없이 집으로 퇴근한다면 집에 도착하는 시간은 6시 10분이다. 교통 정체 등이나 어떤 이유로 해서 늦어져도 6시 15분이다. 아파트에 도착하면 아내가 나를 기다리고 있다. 걸음이 불편한 나를 마중 나와 있는 것이다.

나는 이런 하루의 일과를 거의 매일 똑같이 반복한다. 누구는 이런 습관이 '숨이 막히는 삶은 아닐까?'라고 생각하기도 할 것이다. 그런데 나는 아니다. 그리고 이런 나의 철저한 습관적 삶이 나를 일으켜 세웠고 지금의 나를 만들어 주었다고 확신한다.

여기서 또 재미있는 습관이 하나 있다. 아내가 나를 기다리고 있는 6시 10분부터의 일정이다. 기다리고 있던 아내는 내 차가 아파트 입구에 도착하면 차에 올라탄다. 내가 내리는 것이 아니다. 오히려 아내가 차에 탄다. 그리고 우리는 드라이브를 떠난다. 그 시간은 상황에 따라 짧게는 30분에서 길게는 2시간 정도가 소요된다. 이 일정도 하루이틀 하는 것이 아니다. 거의 매일 그렇게 한다.

이 시간의 의미는 무얼까? 한 마디로 요약하자면 나의 하루에 대한 보상의 시간이다. 오늘 열심히 일한 대가로 나는 아내와 함께 소소한 여행을 떠나는 것이다. 나에게 주는 선물이요, 아내와 함께 하는 아름다운 동행의 시간이다. 나는 이 시간에서 내 스스로를 토닥이고 보람을 만끽한다.

이 시간 동안 나는 4계절의 아름다움을 만끽한다. 봄에는 봄바람과 그윽한 냉이의 향을 즐기기도 한다. 봄뿐이겠는가? 여름에도 가을에도 겨울에도 그 계절에 맞는 풍부한 자연의 선물이 있다. 어느 날은 강둑을 돌며 시원한 바람을 느끼고, 어느 날엔 웅포의 아름다운 석양을 보며 감동하기도 한다. 왕궁리 5층 석탑 너머로 보이는 노을도 아름답고, 어느 날엔 부슬부슬 내리는 가랑비도 즐겨본다. 들판의 꽃들이 유혹하면 차에서 내려 들녘을 걷기도 한다. 자연스레 우리 부부는 손을 잡는다. 걷는 동안의 느낌은 말로 설명할 수 없는 기쁨이 있다. 그리고 우리는 이 시간에 하루에 일어났던 거의 모든 일들에 대해 이야기 한다. 그 어떤 대화가 이보다 맛이 있으랴?

요즘 부부간의 대화가 많이 없다고 하는데 우리는 그렇지 않다. 할 이야기는 이 시간에 실컷 이야기 하고도 남는다. 회사에서 있었던 이야기, 점심에 먹었던 메뉴 이야기, 잠시

겨울 언덕 너머로 우리는 봄꽃을 보았다

외출했던 이야기… 이야기보따리는 끝이 없다. 그래서일까? 우리 부부는 거의 비밀이 없다. 나는 그렇게 생각한다.

아내와 함께 하는 보상의 시간을 끝내고 집에 돌아오면 씻고 저녁을 먹는다. 잠시 가족들과의 시간을 가진 다음 취침에 들어가는 시간은 9시. 늦으면 9시 30분이다. 이렇게 나의 하루는 크게 벗어나지 않는 시간 속에서 규칙적으로 반복되고 있다.

이런 습관적인 삶을 나는 10년이 넘게 지속해오고 있다. 다시 강조하지만 이런 철저한 습관적인 삶으로 인해 나는 더 열심히 살 수 있었고, 불리한 신체적 조건에도 불구하고 조금씩 성장해 나갈 수 있었다. 이런 시간의 습관은 거래처와의 약속에서도 빛을 발해왔다. 내가 여기까지 올 수 있었던 것은 납기일의 시간약속을 철저히 지켰던 것에 큰 이유가 있을 것이다. 나는 납기일을 목숨처럼 소중히 여긴다. 때로는 거래처에서 무리한 일정의 요구를 해올 때도 있다. 처음 몇 차례는 무리한 납기일임을 알면서도 사정이 딱하여 요구를 들어준 적도 있었다. 하지만 그런 경우 득보다는 실이 많았다.

그 뒤로 나는 무리한 납기일에 대한 요구는 정중히 이해

겨울 언덕 너머로 우리는 **봄꽃**을 보았다

를 구한다. 그리고 가능한 납기일을 약속한다. 보통 그런 경우는 조금의 여유를 두고 납기일을 정하기 때문에 납기일보다는 먼저 일을 끝낸다. 그러면 거래처는 더욱 고마워한다.

약속은 가족과의 사이에서도 있다. 큰 아들이 네 살 정도 되었을 때 아주 어림에도 불구하고 아들에게 이런 약속을 했다.

"현성아, 아빠가 지금은 많이 아프고 보잘 것 없지만 현성이가 학교에 다닐 때에는 친구들에게 부끄럽지 않은 아빠가 될게. 오히려 자랑스럽고 소중한 아빠가 되도록 열심히 살게."

우리 현성이가 그 말을 기억하고 있는지 나는 모른다. 하지만 나는 그 약속을 지키기 위해 정말 열심히 일했다. 지금에 와서 생각해보니 아들에게 한 약속을 지키기 위해 열심히 살아온 덕택으로 어려운 고난과 위기들을 잘 이겨낼 수 있었다는 생각이 든다.

나는 그 약속을 가족에게만 한 것은 아니다. 내 스스로에게도 해왔다. 예전에도 그리고 지금도. '나는 아내에게나 자녀들에게 절대로 짐이 되는 존재가 되지 않을거야.' 나 혼자만의 약속이었지만 가족을 위해 스스로에게 약속한 이 가슴

저런 약속을 지키기 위해 눈물도 많이 흘렸고 노력도 참 많이 했다. 하루의 일상 속에서 시간과 공간을 꾸준히 지키는 나의 습관들과 사람과의 약속을 지키려는 습관들이 나에게 많은 선물을 주었다. 그렇기에 앞으로도 나는 그렇게 살아갈 것이다. 변함없이.

겨울 언덕 너머로 우리는 **봄꽃**을 보았다

핸디캡

장애? 분명한 나의 핸디캡이다. 그것도 아주 큰 핸디캡이다. 장애의 정도가 심하기 때문이다. 하지만 장애는 나에게 마이너스의 상황만을 주지 않았다. 장애가 나에게 도움이 된 것이 있다. 장애로 인하여 나는 잃은 것뿐만 아니라 얻은 것이 있었다.

나의 근무시간은 길지 않다. 아침 8시 10분에 출근하여 6시에 퇴근한다. 직원의 측면에서 볼 때는 평범한 근무시간일지도 모른다. 하지만 소기업의 사장이라는 입장에서 볼 때는 짧은 시간이라고 할 수 있다. 왜냐하면 작은 회사의 사장은 밤낮없이 일해야 하기 때문이다.

겨울 언덕 너머로 우리는 **봄꽃**을 보았다

그런데 나는 왜 그렇게 일하지 않는가? 그렇게 일하지 않는 것이 아니라 못하는 것이다. 나는 사고 후 후유증으로 장시간 일을 하지 못한다. 장시간 일하게 되면 몸이 엄청난 부작용의 반응을 일으킨다. 아무리 급한 일이 있어도 하루에 정해진 시간이 지나면 내 몸이 먼저 안다. 마치 충전된 배터리가 그 시간을 다하면 방전이 되는 것처럼.

이런 내 몸의 상태는 치열한 경쟁사회에서 핸디캡임이 분명하다. 남보다 더 많은 시간을 일해야 하지만 나는 몸이 말을 듣지 않기 때문에 더 이상 일을 할 수가 없다.

하지만 공평한 것일까? 아니면 신의 섭리인 것일까? 나는 이런 내 몸의 핸디캡 때문에 얻은 것이 있다. 바로 몰입이다. 내게 주어진 일이 늘어지거나 길어지면 안 되기 때문에 나는 주어진 업무에 최대한 집중을 해야 한다. 시간의 싸움에서 나는 경쟁자를 이길 수 없기 때문에 주어진 시간을 최대한 농축해서 사용해야 한다. 일이 늦어지면 매출의 손실이거나 신뢰에 타격을 줄 수 있다. 어떻게 해서든 일을 끝내려면 장시간 일을 하지 못하는 나에게는 '초집중'이라는 도구를 사용해서 일을 빨리 끝마쳐야만 한다. 그렇게 집중하고 몰입하는 횟수가 늘어나더니 어느새 몰입은 내 몸의 일부가 되어 있었다. 한 마디로 나는 시간을 굉장히 알차게 쓴다. 남들이 10시간 일할 것을 나는 5시간 정도로도 끝낼 수 있다. 신이 내게 준 선물이라고 행각한다. 그 선물이 동정의 뜻이든 공평의 뜻이든 상관없다. 나는 나의 몰입 습관에 충분히 만족하고 심지어 대견스럽기도 하기 때문이다.

많은 사람들이 핸디캡 때문에 고민을 합니다. '얼굴이 못생겨서… 공부를 못해서… 부모님이 가진 재산이 없어서… 말솜씨가 없어서… 달리기를 못해서… 키가 작아서… 집이 멀어서… 아기가 어려서… 어머니가 편찮으셔서…' 자기에게 불리한 것을 핸디캡으로 여기며 뭔가 일이 잘 안되면 그 핸디캡 탓을 하는 경우가 많다. 과연 그 일이 잘 안된 이유가 그 핸디캡 때문일까? 나는 여기서 핸디캡으로 고민하는 사람들에게 하고 싶은 이야기가 있다. '핸디캡을 불리함으로 여기면 독이 되지만 핸디캡 때문에 얻는 약이 있으니 현재에 최선을 다하자'는 말이다. 내 몸의 엄청난 핸디캡이 그 누구보다도 시간을 효과적이며 효율적으로 쓸 수 있는 몰입이라는 큰 선물을 받은 것처럼.

아픈 몸이 약이 되기도 한다는 것을 알면서도… 그러는 나도 슬럼프에 빠질 때가 있다. 그럴 때 내가 가장 떠오르는 사람이 있다. 그리고 그의 일화가 있다. 우리에게 너무 잘 알려진 마쓰시다 고노스케다. 그도 나처럼 큰 핸디캡이 있었다. 그것도 하나도 아닌 세 가지의 핸디캡이었다.

"내가 성공할 수 있었던 이유는 하늘로부터 세 가지의 소중한 선물을 받았기 때문입니다. 가난한 것과 못 배운 것과 허약한 것입니다. 나는 가난했기 때문에 열심히 살아야만 한다는 걸 알고 최선을 다해 일했고, 남들만큼 배우지 못했기 때문에 내 눈에 보이는 모든 종이와 신문 책자들은 다 교과서로 여기고 열심히 읽었습니다. 또한 내가 만나는 모든 사람들을 나의 스승으로 여기고 그들로부터 본받을 만한 것들을 배웠습니다. 그리고 몸이 아주 허약했기 때문에 건강관리에 늘 신경을 쓰다보니 90이 넘어도 건강한 몸을 유지할 수 있었습니다."

마쓰시다 고노스케의 이 이야기는 나에게 조금 다른 의미가 있다. 이 일화를 많은 책에서 소개했고 세상의 많은 사람들의 강의의 소재로 사용하고 있지만 나에게는 조금 다르다. 아니 특별하다. 이 이야기가 저에게 특별한 이유는 '내가 경험한 일'이기 때문이다. 이야기 속에서 배우는 일화가 아니요, 이론적으로 등장하는 사례가 아닌 바로 내가 실제로 겪은 나의 실화이기 때문이다.

아직도 나는 많은 장애를 가지고 있다. 가까운 지인들이 말하기를 '도대체 얼마나 많은 장애를 가지고 있는 거야?'라고 묻곤 한다. 왜냐하면 내가 가지고 있는 장애를 전부다 이야기 한 사람이 없기 때문이다. 오직 아내만이 다 안다. 그러니 자연스러운 대화 속에서 '나에게는 이런 장애도 있어요.'라고 말하면 나의 새로운 장애에 놀라워한다. 그들의 표정은 대체로 감탄 수준이다. 하지만 많은 사람들은 내가 걸음 정도만 제대로 못 걷는 줄 안다. 그것은 빙산의 일각일 뿐인데. 한 가지만 예를 든다면 손가락이다. 나는 왼손가락을 각각 따로 움직일 수 없다. 사고 후 어떤 이유에서인지는 몰라도 따로 움직일 수가 없다. 사람들은 이 사실을 대부분 모른다. 아니 전혀 모른다. 내가 이야기를 해주기 전까지는….

나의 장애의 핸디캡은 몰입에만 있지 않다. 사실 영업에도 큰 도움이 되었다. 맨 처음 사업을 시작했을 때 영업할

곳은 어디에도 없는 사막 같은 상황에서 용기를 내어 일감을 찾아 영업을 다니기도 했다. 영업을 위해 업체를 찾아가면 반응은 모두 비슷하다.

"안녕하세요. 사장님."

"예… 안녕하세요. 누구…시죠."

"예, 저는 기계나 기계의 부품을 만드는 일을 하는데요… 제가 주문 받을 만한 일이 있을까 해서 왔습니다."

"아… 예…"

"일단 앉으시죠."

거의 모든 업체의 사장님은 걸음도 제대로 못 걷는 나를 안쓰러운 듯 바라보시며 의자에 앉기를 청한다.

"그런데, 어쩌다가 그렇게 되셨나요?"

잠시 내가 머뭇거리면 다시 묻는다.

"혹시, 사고였나요?"

"예, 큰 사고를 당했었습니다."

여기의 대화까지는 거의 모든 업체를 방문했을 때 거의 비슷한 반응의 질문이었다. 영업은 나를 상대방에게 인식시키고 기억하게 하는 것이라고 생각한다. 하지만 많은 영업인들이 상대방에게 인식하고 기억하게 하는 것에 실패를 한다. 그것은 실로 어려운 문제이기 때문이다. 하지만 나는 달랐다. 워낙 장애가 심했고 내 모습 자체가 임팩트가 있었기 때문에 한 번 가면 다 기억을 하게 되었던 것이다. 그리고 대부분의 사장님들은 동정의 의미였든 뭐였든 나에게 최소한 한 번은 일감을 주셨다.

나는 그 감사한 마음을 반드시 보답하고 싶었다. 약속과 신뢰로. '한 번은 동정이나 사랑으로 나에게 일감을 줄지는 몰라도 두 번 이상은 그렇게 하지 않을 것이다. 그러려면 내가 제품으로 만족을 줘야 하고 납기일 등의 약속을 꼭 지켜 신뢰를 만들어내야 한다.' 라는 생각을 다짐하고 또 다짐하면서 두 번째부터는 실력과 신뢰로 오더를 받아낼 수 있었다.

내 몸의 핸디캡이 몰입과 영업개척에 도움이라는 큰 것을 가져다 준 것처럼 세상의 많은 사람들에게도 그럴 것이라고 생각한다. 사람들이 내게 있는 불리함 또는 핸디캡이라고 생각하는 것들에 매몰되지 않았으면 좋겠다. 오히려 그 이면에 새로운 기회가 있을 것이라 생각하고 지금 내게 맡겨진 일에 최선을 다했으면 좋겠다. 그러다보면 반드시 그 기회의 보물을 찾아낼 수 있을 것이라고 나는 확신한다.

절실함

"무엇 때문에 오늘이 있나요?"

"절실함을 빼놓을 수 없지요"

"절실함이라면 어떤 면에서인가요."

"그저 살기 위한 절실함이지요."

"그럼, 그 절실함의 동기는 무엇인가요?"

"나보다는 가족이었지요."

"가족 때문에 절실한 삶을 사셨다는 의미이군요."

"네, 가족을 위해 난 살아야만 했고, 또 가족을 위해 열심히 일해야만 했습니다. 상황이 좋지 않았기 때문에 절실함으로 일해 왔습니다."

누군가 오늘의 내가 있는 원인을 묻는다면 나는 분명히 위의 내용을 말했을 것이다.

> • 배수진(背水陣) : 강이나 바다를 등지고 치는 진. 어떤 일을 성취하기 위하여 더 이상 물러설 수 없음을 비유적으로 이르는 말이다.
>
> • 파부침주(破釜沈舟) : 솥을 깨뜨리고 배를 가라앉힌다는 뜻으로, 싸움터로 나가면서 살아 돌아오기를 바라지 않고 결전을 각오함을 이르는 말.
>
> • 생즉사(生卽死) 사즉생(死卽生) : 『난중일기』에서 이순신 장군이 했던 표현으로 '살고자 하면 죽을 것이요 죽고자 하면 살 것'이라는 의미이다.

이 세 가지의 표현들은 절실한 각오 또는 필사의 각오를 공통적으로 담고 있다. 하지만 오늘날의 많은 사람들은 이 단어들을 필사의 각오로 사용하기 보다는 각오의 강조 표현 정도로 사용한다. 한 마디로 본래의 굳세고 간절한 의미가 퇴색되었다는 것이다. 이 말을 사용하는 대부분의 현대인들은 실제의 의미와는 달리 최후의 보루 정도는 남겨 놓는다.

만일의 사태에 대비해서 말이다. 오늘날을 살아가는 사람들이 과연 얼마나 그 간절하고 절실한 상황을 대입시켜 이 세 단어들을 사용하고 있는지 의문이다. 특별하고도 특별한 이 단어들이 너무도 쉽게 그리고 너무도 흔하게 사용되고 있는 것 같아 아쉬움이 많다. 요즘 사람들이 이 세 단어들을 조금만 더 가슴에 담고 사용했으면 하는 바람이 있다.

나는 그렇지 않았다. 나에게는 선택의 여지가 많지 않았다. 그리고 실제로 한 발자국도 물러설 자리가 없었다. 작품 『햄릿』에서 셰익스피어가 말했던 '사느냐 죽느냐 그것이 문제로다' 는 나의 상황을 그대로 표현해 주고 있었다. 나에게는 늘 사느냐 죽느냐의 갈림길에서 한 가지 선택을 할 수밖에 없었다. 그만큼 절실했고 물러설 수 없었다.

내가 물러서면 아내는 크나큰 곤경으로 내몰릴 수밖에 없었다. 내가 죽을 각오를 하지 않으면 나는 자식들을 불쌍한 존재로 만들게 되는 상황이었다. 내가 이를 악물지 않으면 부모님께 효도는커녕 못난 불효를 할 수밖에 없는 상황이었다. 그래서 난 내게 주어진 하나의 길을 간절한 마음으로 선택할 수밖에 없었다.

나는 이렇게 앞만 보고 달려왔다. 아니, 잠시도 뒤를 돌아

142

겨울 언덕 너머로 우리는 봄꽃을 보았다

볼 수 없었다. 앞만 보고 가기에도 버거웠다. 앞만 보고 살아가기에도 시간이 없었다. 이럴 때 신께서 나를 불쌍히 여기셨는지 가끔 선물을 주곤 하셨다. 그 선물은 바로 가족이다. 가족 때문에 진 무거운 짐이 내게 큰 위안이 되도록 도와주셨던 것이다.

'내가 지켜야할 것이 많다는 것, 내가 지켜줘야 할 가족들이 있다는 것! 그것은 그만큼 내가 가진 것도 많다는 것이구나. 참 행복한 사람이네.'

이런 생각을 신은 나에게 심어주셨다. 그런 이유로 난 더더욱 앞만 보고 달려갈 수 있었다.

그 상황을 그림에 비유하면 이렇다. 많은 사람들은 색색의 많은 물감을 가지고 있었다면 나는 검정 먹 하나밖에 가진 게 없었다. 남들은 이것저것 다양한 색깔을 고를 수 있는 선택의 다양성이 있었다면 나에게는 오직 검은 먹밖에 없었다. 그래서 나는 그 먹으로 화려하지는 않지만 깊이 있는 수묵화를 그릴 수 있었다. 그리고 수묵화에 있어서는 전문가가 되지 않았나 싶다. 가족을 위해 그려야만 했던 수묵화가 이제는 가족들의 마음속에 화려한 무지개로 떠있다.

내 주변에는 어릴 적부터 부러움의 대상이 되던 친구가

있다. 아버지는 부자였고 지금도 부동산이 적지 않다. 친인척도 대부분 잘 나가는 사람들이었다. 박사학위도 받았다. 대학에서 교수로 일하기도 했다. 현재는 사업체를 두 개나 운영을 한다. 그런데 이 친구는 가끔 불평을 한다.

'뭘 해야 할지 잘 모르겠다.' 는 것이다. 이 친구는 선택의 폭이 너무 큰 것이 문제다. 선택할 것이 너무 많으니 어떤 것을 선택해야 할지 모르는 것이다. 오히려 많은 선택이 약이 아닌 독이 되어 그 친구의 진로에 걸림돌이 되고 있다. 나는 여기서 선택할 것이 너무 많으면 오히려 독이 된다는 것을 깨달았다. 나에게 많은 선택이 있다는 것이 겉으로는 좋아 보일 수도 있지만 실제로는 좋은 선택을 하기에 어려운 요인이 되기도 한다. 간절함이 없기 때문이다. 절실함이 마음에 다가오지 않기 때문이다.

절실함은 머리로 느끼는 것이 아니라 가슴으로 느끼는 것이다. 사람은 가슴에서 느껴지는 절실함을 많이 가지고 있을 때 열심히 일하게 된다. 머릿속에서만 그려지는 단어들은 잠시의 효과만을 창출하게 된다. 나를 일으키고 나를 채찍질 했던 절실함은 오늘도 계속되고 있다.

" 절실함은

가슴에서 느껴져야 한다.

머리에 그친 절실함은

절대로 오래가지 못하기 때문이다.

146

겨울 언덕 너머로 우리는 **봄꽃**을 보았다

사색

　'나는 생각한다. 고로 존재한다.' 데카르트가 던진 이 한 마디는 다양한 의미를 담고 있을 것이다. 그래서 다양한 해석도 낳고 있다. 그 의미 중 하나일 거라 생각하는 '생각하기 때문에 존재한다'는 의미를 내 삶에 접목해보고자 한다. 나는 사색(思索: 사물의 이치를 따져 깊이 생각함)이 없는 사람은 존재 의미가 약하다고 생각한다. 나 자신이 사색을 통해 많은 걸 깨달아 왔고 사색을 통해 성장해왔기 때문일 것이다. 여기서 말하는 사색은 생각 정도에서 그치는 것이 아니라 그야말로 깊이 생각하는 것을 말한다.

　나는 두 가지의 사색을 즐긴다. 두 가지의 사색을 말하기에 앞서 먼저 알아둘 게 있다. 내가 여기서 '사색을 한다' 라는 표현을 사용하지 않고 '사색을 즐긴다' 라는 표현을 쓴 것에 주목할 필요가 있다. 중요하기 때문이다. 내가 생각하는 사색은 즐거워야 할 필요가 있다고 생각하기 때문이다. 그것도 반드시. 내 경험으로 비추어 봤을 때 즐겨야 사색의 효과가 커짐을 느꼈기 때문이다.

첫 번째 나의 사색의 특징은 비움이다. 나는 무언가를 생각하기 위해서 사색하지 않는다. 오히려 지우기 또는 비우기 위해서 사색한다. 그런 이유로 내 사색의 출발점은 내 머릿속의 복잡한 것들을 지우고 비우는 작업으로 시작된다. 다시 말하면 무언가를 생각하기 위해서 사색하는 것이라기보다는 무언가를 버리기 위해서 사색한다.

사색에서 내가 주로 사용하는 도구는 크게 두 가지이다. 그 중 하나는 우리가 흔히 말하는 '멍때리기' 이고 또 하나는 '몰입' 이다. 먼저 멍때리기에 대해서 말하자면 이렇다. 내 머릿속이 가지고 있는 아주 복잡한 생각들을 지우기 위한 작업으로 멍때리기는 아주 효과가 크다. 그렇게 멍하니 어딘가를 초점 없이 바라보거나 무념무상으로 멍하니 눈을 감고 있다 보면 어느 순간 잡다한 생각들이 사라지고 백지가 되는 느낌이 들어온다. 또는 반대로 잡념이 사라져 아무 것도 존재하지 않는 캄캄한 칠흑의 순간이 다가온다. 그때 가 바로 사색이 시작되는 순간이다. 내 머릿속이 백지가 되 는 그 순간부터 나의 창조적 사색이 시작된다. 내가 어떤 사 안에 대해 생각하기 위해서 시작되지는 않았지만 자연스럽 게 필요한 생각들이 떠오른다.

사색의 두 번째 방법은 몰입이다. 무언가에 푹 빠짐으로 써 머리를 비우고 사색을 시작하는 것이다. 내 눈 앞에 보이 는 무언가(꽃, 풀, 곤충, 나무, 바람, 향기, 열매⋯)에 몰입하는 것이 다. 어느 새벽녘에 눈이 떠지는 날에는 하늘을 보고 별을 바 라본다. 새벽 차가운 기운에 느껴지는 별은 영롱한 느낌이 강하고 마음과 머리를 맑게 한다. 몰입의 대상은 거의가 자 연이다. 사시사철의 자연에 몰입하는 것이다. 나는 머리가 복잡할 때 밖으로 나간다. 우리가 흔히 표현하는 '바람 쐬러 가는 것'이다.

나는 평생을 시골에서 살아왔기 때문에 그 점에서 상당한 유리한 조건을 가졌다고 볼 수 있다. 밖으로 나가 사시사철 의 자연을 관찰한다. 아니 그 대자연에 심취할 정도로 몰입 하고 즐긴다. 그러다 보면 어느새 머릿속의 복잡한 생각들이 사라지고 머리가 개운해지는 느낌의 상태를 선물 받는다. 일석이조인 셈이다. 자연도 마음껏 즐기고 머리도 깔끔하게 비울 수 있기 때문이다. 머릿속이 비워진다는 것은 마음이 편해진다는 것과 일맥상통한다. 그렇게 머릿속이 말끔해지고 마음이 편안해지면 자연스럽게 사색의 소재가 떠오르고 그에 대한 생각의 세계에 빠져들게 되는 것이다.

지우고 비우는 것은
사라지는 것이 아니라
새로운 시작의 출발이다

결국 사색은 또 다른 나를 찾아가는 과정이다. 복잡한 나는 사라지고 순백의 내가 새롭게 태어나는 시간이다. 무거운 나의 존재를 지우고 가벼운 나의 존재를 만드는 시간이다. 이때 나는 새로운 나의 존재를 신이 준 선물이라고 생각한다. 마치 신께서 나에게 '혹독한 세상을 혼자서 살아가기 힘드니 내가 너를 도와줄 또 하나의 사람을 보내주마' 라고 말하면서 보내준 선물이라고 생각한다. 가벼운 나의 존재가 펼치는 사색의 힘은 생각보다 크고 강하다.

그 사색을 통해 나는 많은 영감을 얻었고 많은 기회들을 만들어냈기 때문이다.

물론 아주 가끔은 사색을 위해 머리를 말끔하게 정리하고 마음이 편안해지기가 쉽지 않을 때도 있다. 아무리 지우고 비우려 해도 뜻대로 되지 않을 때가 있다. 그럴 때는 '그래, 이 순간만이라도 편해지자.' 라는 생각을 떠올린다. '어차피 고민해도 안 될 일이라면 잠시 이 순간만이라도 휴식을 취하자.' 라고 생각하고 행동에 옮기기도 한다. 이것도 나에게 는 효과가 있었다. 사업 초기에는 아주 작은 고민에도 밤잠을 설치기 일쑤였다. 하지만 고민한다고 해결될 일이 아닐 거라는 생각이 들 때는 과감하게 '이 순간만이라도 편해지자' 라고 생각을 바꾸자 변화가 일어났다. 신기하게도 마음이 편안해지고 다음날에는 편안해진 마음속에서 좋은 아이디어와 해결책들이 떠오르곤 했다. 그 덕분일까? 지금은 과거의 일들보다 훨씬 더 크고 어려운 고민이나 상황이 발생해도 잠을 잘 잔다. 역시 그 덕분에 좋은 결과물을 얻을 때가 많다.

사색을 통해 어떤 결론에 도달하면 나는 뒤를 돌아보지 않는다. 무조건 고(go)만 있다. 스톱(stop)은 없다. 내 결정을 내가 존중하겠다는 마음가짐이다. 그리고 설령 결정이나 판단이 잘못되었다고 해도 뒤집는 것은 득보다 실이 더 많다고 생각하기 때문이다. 생각이 아닌 깊은 사색을 한다는 것은 판단과 결정에 신중을 기하겠다는 의미이다. 그렇게 신중하게 판단하고 결정한 것에 뒤를 돌아보는 것은 어리석은 일이라고 생각한다.

하지만 여기서 간과해서는 안 될 또 한 가지가 있다면 속도이다. 내가 깊은 사색을 한다고 해서 그 판단과 결정 또는 아이디어가 오랜 시간이 걸리는 것은 아니다. 나는 되도록 빠른 결정을 내린다. '장고 뒤에 악수'를 두지 않기 위해서이다. 그것도 습관이 되면 빠르면서도 좋은 판단과 결정을 할 확률이 높다는 것을 경험해왔다.

두 번째 나의 사색의 특징은 상상이다. 나는 어렸을 적부터 생각하는 것을 좋아했다. 더 적절한 표현은 상상이나 공상이 맞을 것이다. 나는 상상의 즐거움을 만끽했다. 그런 영향은 지금까지도 유효하다. 그리고 특별한 이유가 없는 한 앞으로도 계속할 것이다.

상상을 통해서 나는 현실에서는 만날 수 없는 유명한 사람들을 만나기도 하고, 상상을 통해서 내가 가보지 못하는 멋진 곳을 가보기도 한다. 나의 경우 그 효과는 생각보다 크다. 마치 TV의 여행프로그램과 비슷할 것 같다. 세계여행에 관련된 TV 프로그램이 있다고 가정해 보자.(실제로 있기도 하고) 그리고 또 세계여행을 못해본 사람이 있다고 가정해 보자. 그 사람은 아마 세계여행 프로그램의 시청을 통해 간접적으로나마 세계여행의 효과를 어느 정도는 얻지 않겠는가? 나의 상상은 그것과 유사한 효과를 가지고 있는 것이다.

공상이나 상상은 어린이들만의 전유물이라고 생각할지 모르지만 나는 그렇게 생각하지 않는다. 아직 철이 없어서 그런지는 모르겠다. 하지만 분명한 것은 나는 상상을 통해 편안한 휴식도 취하고 풍부한 경험도 얻는다는 것이다.

내가 상상을 통해 많이 다녀와 본 곳 중에는 우주가 많다. 현실에서 우주여행은 극소수의 사람들만 할 수 있지만 나는 상상 속에서 수많은 별들도 가보았고 은하계에도 다녀와 봤다. 그런 상상의 사색은 나에게 게임이나 스포츠를 즐기는 것처럼 엔돌핀을 솟아나게 한다. 그런 상상의 사색을 통해 내 몸의 컨디션을 더 좋은 조건으로 만들고 내일을 향한 에너지를 충전하기도 한다. 얼핏 보면 엉뚱한 생각이라고도 할 수 있지만 해보면 효과가 있음을 나는 자신할 수 있다.

그래서 나는 사람들이 자주 즐거운 상상을 하기를 권한다.

나는 사색을 통해 얻은 것이 또 하나 있다. 내 얼굴이다. 내 얼굴은 사고 전에도 이미지가 강한 편이었다고 한다. 수술 후에는 수술 자국까지 생겼으니 좋을 리가 없을 것이다. 그래서 나는 얼굴이 더 좋아지는 것은 바라지 않아도 더 나빠지는 것은 막고 싶었다. '노력하다보면 좋은 이미지의 얼굴도 될 수도 있겠지' 라는 생각도 많이 했었다. 그 작업은 지금도 진행형이며 앞으로도 계속할 작업이기도 하다.

나의 좌우명이기도 하며 자녀들에게 자주 들려주는 이야기는 '내 얼굴에 책임을 지자' 라는 표현이다. 20대에는 20대에 맞는 얼굴을 해야 하고 30대에는 30대에 어울리는 얼굴을 가져야 한다고 아이들에게 말한다. 나는 평소 좋은 얼굴을 갖기 위해서는 생각이 중요하다고 생각한다. 얼굴은 마음을 비추는 창이기 때문에 좋은 생각, 좋은 사색을 많이 하게 되면 좋은 얼굴을 갖게 될 것이라고 나는 믿는다.

좋은 생각, 좋은 사색을 한다는 것은 좋은 삶을 산다는 것과 맞닿아 있을 것이다. 내가 가지고 태어난 선천적인 얼굴 그리고 수술로 인한 흉터는 바꾸기 어려울 것이다. 하지만 나는 좋은 생각과 좋은 사색 그리고 좋은 삶은 내 인상을 바꿀 수 있다고 생각한다. 나는 내 직분과 역할과 나이에 맞는 얼굴을 갖기 위해 어제까지도 노력해왔고 오늘도 노력하고 있으며 내일도 노력할 것이다.

겨울 언덕 너머로 우리는 **봄꽃**을 보았다

3부. 나를 일으킨 기적의 7가지 단어

나는 다치기 전까지의 삶에서
내가 원하던 모든 꿈을
단 하나도 이루지 못했었다.
지금 내가 하고 있는 일도
내가 가고자 했던 꿈의 길은 절대 아니다.
그랬더라도 나는 절대 꿈을 포기하지 않았다.

과거에
모든 꿈을 이루지 못했다고 해서
미래를 향한
꿈을 꾸지 못할 것도 아니고
그 꿈을 이루지 못할 것도 아니기 때문이다.

우리 모두 과거의
실패한 꿈에 좌절하지 말고
새로운 꿈을 위해 뛰어보자.

나 역시 지금 새로운 꿈을 꾸고 있다.
이 책은
그 꿈의 출발인 것이다.

겨울 언덕 너머로
우리는 봄꽃을 보았다

초 판 1쇄 인쇄일   2018년 8월 15일
초 판 1쇄 발행일   2018년 8월 20일

지 은 이   이선우
만 든 이   이정옥
만 든 곳   행림서원
            전화 : (02) 597-4671(代)
            팩스 : (02) 597-4676
            이메일 haenglim46@hanmail.net

등록번호   제25100-2015-000103호
 ISBN   978-11-89061-04-3   03800
 정 가   12,000원